本书为 2016 年度国家社科基金艺术学重大项目
"戏曲剧本创作现状、问题及对策研究"（16ZD03）前期成果

上海戏剧学院编剧学教材丛书

戏曲编剧理论与技巧

田雨澍 著

上海人民出版社

总　序

　　如果从 1946 年创办编导研究班算起，上海戏剧学院（以下简称上戏）的编剧教学已有 70 年历史。从 70 年间积累的有关编剧教学的教材、专著、论文、参考资料、案例汇编中遴选出一批可供教学与研究的编剧教材，整理出版"上海戏剧学院编剧学教材丛书"，是我多年的愿望，限于各种原因，一直未能付诸行动。此次借上海高峰高原学科建设之东风，终于遂愿。丛书印制在即，责任编辑建议，考虑到有些教材出版已有些年头，原有的序言等内容可能会让读者产生距离感，希望能有个总序，说些新话。我以为，此见甚好。为之，约请了几位比较适合作此书序的同仁，不想均被婉拒。不得已，只好赶鸭子上架，由我滥竽充数。当然，我自知也说不出新话。

一

　　细心的读者一眼就看出，编剧教材怎么成了"编剧学"教材，多了一个"学"字，应作何解？那就先聊聊编剧学吧。

　　编剧，作为专业，有 2500 年的历史，应该是比较客观的论断。现存的古希腊戏剧，如索福克勒斯的《俄狄浦斯王》剧本也有 2400 多年了。编剧的相关研究，自亚里士多德的《诗学》算起，也有 2300 余年。中国戏剧晚出，现存最早的戏曲剧本是南宋的《张协状元》；至于编剧的研究，一直到明末清初李渔的《闲情偶寄》，才以结构、词采、音律、宾白、科诨、格局六方面论，对戏曲编剧的理论与技巧有全面的概括与精当的阐述。若论大学的编剧专业教学，最早的，有案可稽的是美国的乔治·贝克教授于 1887 年在哈佛大学担任戏剧文学和戏剧史等课教学，并主持总名为"课程第 47 号的实习工场"的系列戏剧课程。

创建编剧学则是近几年的事。

2007 年 5 月，我调任戏剧文学系主任，时任科研处长的姚扣根教授提议，我们是否建一个戏剧创作学。我听了眼睛一亮。虽然一个新学科的建立，需要具备各种重要条件，如要有社会需求与发展前景；要有深厚的学术积累；要有明确的研究对象；要有稳定的研究队伍；要有学术共同体与学术刊物；要有卓越的研究成果；要有学术派别；要有高等教育；要有学科带头人，等等。而这些条件，未来的编剧学新学科都已具备。加上上戏有悠久的编剧教学历史，有许多老教授的研究成果，有新一代教师和学者的求索精神，如果乘势而上，顺势而为，坚持数年，相信必有成果。经反复考虑，我觉得时机成熟，决定试试。征询系里同仁意见，也都很支持。正好有个由我执笔修改学校公文的机会，便试探性地将"筹建戏剧创作学三级学科"写进文件（参见上海戏剧学院档案室文件：《上海戏剧学院行政报告·2008 年 3 月 27 日》），获得认定后我们便围绕筹建新学科开始运思并做了一些基础性的工作。2009 年 12 月 3 日，在学校中层干部会议上，我以"学科建设：戏文系事业可持续发展的生命线"为题作交流发言（参见《戏文通讯》2009 年号），明确提出"争取在三五年内将戏剧创作学建成上海市教委三级重点学科"的工作目标。至 2011 年 4 月，学校在江苏木渎召开学科建设会议时，在校学术委员会主任叶长海教授及学术委员会同仁与校领导的支持下，该项目被列入学校三级学科建设计划，正式命名为"编剧学"（需要说明的是，编剧学应运而生，是中国戏剧教育、戏剧研究、戏剧实践的必然结果，姚扣根教授与我，仅仅是在一个恰当的历史时段顺手轻轻推开了那扇迟早要被人推开的编剧学之门）。

众所周知，编剧，原来是戏剧戏曲学中的一个子系统，一直依附或混杂于文学、戏剧和电影的部分。如今逐渐步入独立自主、自我完善的体系化，最终成型并自立门户，实在是经过了漫长的求索之路。编剧学的建立，既是编剧专业自身发展的内在需求，也是戏剧影视与文化创意产业发展的自觉选择，更是编剧这一人类创造性活动获得人们进一步重视的必然结果。

何以见得？

第一，从编剧涉及的实践领域看，编剧早已突破原有的戏剧、电影的框架，有了广播剧、电视剧、纪录片，及应运而生的新媒体戏剧，如手机剧、网络剧、游戏动漫、环境艺术、场景艺术等众多的人文活动新领域。随着演艺艺术、图像艺术、视听艺术的普及，包括竞选、广告、婚宴、庆典等，都需要编剧的策划和撰稿，将人类所有的仪式化的活动，化为"剧"的因素。诗意的栖居，行动即表演，戏剧的人生，成了现代人的某种生活方式的追求。在这样的态势下，传统的编剧理论与编剧方法受到严峻挑战，现实需要更多的学术回应。

第二，从编剧涉及的理论研究看，编剧的理论早已突破原有的戏剧学、电影学的研究框架。今日的编剧专业作为核心，连接了几乎所有的社会和人文的前沿学科，甚至包括了一些自然学科的最新成果。如语言学、符号学、叙事学、美学、心理学、创意学、传播学、接受美学、人类学、教育学、策划学等；包括医学、运动学、生命学、数字技术、材料学等多学科与交叉学科。编剧涉及的新理论与技巧，如雨后春笋，早已拓展研究领域并收获鲜活成果，呈现了前所未有的蓬勃姿态。具体体现为：有关编剧的论著与论文、教材与译著，数量上升，质量提升；越来越多的高校面向本科生、研究生开设编剧课程；相关前沿理论的融合渗入，国内外频繁展开的学术交流与切磋，提供了良好的研究路径与发展平台。

编剧，作为戏剧、影视、游戏、新媒体等诸多艺术创作链上的一环，既是"无中生有"的第一环，更是决定作品成败的最重要一环，一方面具有最悠久的历史传统与最稳定的经久不衰的运行系统，另一方面无论是实践还是研究，又是一个充满无限活力、富有蓬勃生机的新领域。

对照社会的发展和需求，我国目前编剧理论与学科基础尚显薄弱稚嫩，整体水准还处于不稳定的初级状态。有的研究取向单一，路径狭窄，自我封闭，亟须"破茧成蝶"；有的存在着"分化不够"问题，编剧专业的主要领域和一些次领域没有得到充分的衔接，没有建立一个独立而完善的学术体系；有的存在"融合不足"的问题，编剧专业在内与文学、戏剧学、电影学、传播学等内部各次领域的学术对话不够充分，在外与心理学、社会学、哲学等其他学科的跨学科研究交流不够积极。从本土文化研究的角度看，吸收和消化西方编剧理论，创建具有东方美学特征与戏曲剧作思维的中国编剧理论和方法论，还远远没有形成成熟的体系与模式。

鉴于此，为实现编剧专业在学科领域的进一步发展，适应实践和理论的现实需求，创立编剧学就成了我们这代人不可回避的学术使命。由于天时地利人和，我们终于迈出了重要的一步：凝聚各方资源，创建编剧学独立学科，在学科层面上推进专业知识之间合理的分化和融合，从而借此提升整个专业、行业、事业的学术水准。幸运的是，2011年国务院学位办通过了艺术学升为门类的决议，我校的戏剧与影视学由此上升为一级学科，编剧学也随之升格为二级学科。最近，有关部门在全市所有高校中遴选出21个学科列为上海高峰学科建设计划，上戏的戏剧与影视学有幸入选，编剧学也躬逢其盛，忝列其中，此乃幸事。

提出创建一个新学科也许还容易，关键是如何实施，如何一步一个脚印地去推进。换句话说，编剧学要做什么？概言之，主要有两件事：一是编剧理论研究，二是编剧实践研究。如果再具体一点，那就是：编剧史论，即编剧学史研究；编剧理论，即编剧本体研究；编剧评论，即剧作家作品研究；编剧技论，即剧作方法技巧研究。

首先，要梳理传统的编剧理论，从中国演剧艺术的实际出发，在中国与西方学术传统的基础上，在现代向传统继承发展的前提下，探索创造适应现实发展的新的知识体系、研究方法和教育方法；其次，要加强学科基础建设，创建以创作为核心的科研、创作、教学的新学术框架；再者，要对商业文化的冲击和现代技术的影响等社会环境变化作出及时反应，一方面不断拓展适应前沿领域实践发展的学术研究，另一方面不断拓展相关的边缘学科，以多学发展一学，实现整个学科体系的开放和活跃，并在这种开放性、活跃性中厘清编剧学的结构体系，创建中西融合的编剧课程，梳理编剧特色的学术框架，创建具有中国特色的编剧学。

因为学科建设的成果最后总是要作用于教学，作用于社会服务，编剧学又是实践性很强的学科，所以，在上戏，习惯的说法是，学科建设要注重科研、创作、教学与社会服务的"四轮并进"。依照这一思路，这些年，我们以上戏编剧学研究中心为载体，为编剧学新学科做了一些奠基性的实事：

1. 科研方面

《1980 年代以来汉语新诗的戏剧情境研究》，列国家社科基金青年项目；

《中国戏剧评价体系研究》，列上海高峰学科建设项目；

《故事开发与应用实验室》，列上海高校一流学科建设项目；

《编剧软件》，列上海高校一流学科建设项目；

《中国现当代编剧学史料长编》（3 卷），列上海高校一流学科建设项目；

"上海戏剧学院编剧学丛书"（6 种），列上海高校一流学科建设项目；

点评版《中外经典剧作 300 种》（30 卷），列上海高校一流学科建设项目，上海人民出版社重点书目；

承担《中国大百科全书·戏剧卷》戏剧文学分支各条目的设计与编纂工作，列国家重大出版工程。

2. 创作方面

话剧《国家的孩子》获 2014 年度国家艺术基金资助；

话剧《徐阶》获 2015 年度国家艺术基金资助；

话剧《万户飞行奇谈》《四岔口》《春天》《爱不释手》《海岛来信》《分

庭抗争》，戏曲《寻找》《长乐亭主》(均为编剧学专业学生创作) 等获上海文化发展基金会青年编剧项目资助。

3. 教学方面

与哥伦比亚大学联合培养编剧专业 MFA 研究生，将两位美籍研究生的课程作业搬上中国舞台，出版《碰撞与交融——上海戏剧学院与哥伦比亚大学联合培养编剧专业 MFA 研究生课程记录》；

优化戏剧文学专业建设，列国家级特色专业建设点；

探索戏曲写作教学创新实践，获上海市优秀教学成果奖；

总结编剧教学 60 年历史，出版《编剧教学研究论文集》；

鼓励编剧学教师重视自身的创作与研究，出版《上戏编剧学教师年度文选》(2013 卷，2014 卷)；

出版《上戏编剧学研究生作品选》(4 卷)《俄罗斯题材戏剧小品选》《新剧本创作选》《倒春寒》《国家舞台艺术精品工程入选剧目研究课程论文集》等，举办"上戏编剧学研究生作品京沪专家研讨会"；

出版《故事——上海戏剧学院编剧教学参考资料》(20 本)；

探索《编剧概论》《独幕剧写作》《大戏写作》《戏曲写作》《电视剧写作》等核心课程的改革创新；

倡导学生注重社会实践，建立编剧学余姚、南通、绍兴、松江教学基地，新疆、西藏践习基地，出版《戏文系学生暑期社会实践调查报告》(2009 卷，2013 卷)。

4. 社会服务方面

在市教委相关部门支持下，创立上海校园戏剧文本孵化中心，借助上戏创作中心、编剧学研究中心的力量，先后推出《钱学森》《王振义》《潘序伦》《钱宝钧》《熊佛西》等一批原创"大师剧"；

出版《上海校园戏剧文本孵化中心1+1丛书》；先后主办第一届、第二届全国校园戏剧剧本征稿比赛活动；

举办9期全国高级编剧进修班，同时为新疆、西藏、内蒙、湖南、山西等地培养青年编剧人才。

上述事项，都直接或间接与编剧学学科建设的总体部署相关，有的已经完成，有的还在进行中。而整理出版10卷本"上海戏剧学院编剧学教材丛书"，自然是编剧学建设的题中应有之义了。

一个"学"字，作此解释，自觉有些啰嗦了。

二

教材建设是学科建设的一项重要内容，这应该不会有异议。问题是，整理出版旧教材，有意义吗？毕竟是存量，不是增量，有价值吗？朝花夕拾，未栽新株，有必要吗？一句话，为什么要整理出版这套教材丛书呢？那就说说我的想法。

首先，我以为，这是编剧学学科建设的需要。

学科建设主要承担知识的传承与创新，学科人才梯队的构建与培育。但是，如前所述，最终的成果都要作用于教学，作用于社会服务。而体现这个功能的一个重要载体就是教材。换一个角度说，一个学科，没有完整的、科学的、有说服力的教材系列是无论如何也说不过去的。

事实上，每个历史时段问世的编剧学教材，都会融入特定时期的学科、专业与教学改革的最新成果。所以，系统地整理出版已有较成熟的教材，既可以从中窥见学科与专业建设前行的足迹，揣摩先驱者筚路蓝缕、既开其先的进取精神，更可以为编剧学学科建设成果的受众反馈提供真实信息。

其次，也是编剧学新教材建设的需要。

上戏建校 70 周年，编剧教学贯穿始终，有教学，必有教材。包括基本教材，即基本知识的传授；实践教材，即学生能力培养的指导；参考教材，即学生外延能力培养的辅助。应该说，这三类教材的储备我们都有。但是，无论是质还是量，与建设一流艺术大学的目标要求还有距离。特别是，随着社会的发展，知识更新周期越来越短。有资料说，联合国教科文组织对此曾经做过一项研究，结论是：在 18 世纪时，知识更新周期为 80 ～ 90 年，19 世纪到 20 世纪初，缩短为 30 年，上个世纪 60 ～ 70 年代，一般学科的知识更新周期为 5 ～ 10 年，而到了上个世纪 80 ～ 90 年代，许多学科的知识更新周期缩短为 5 年，而进入新世纪时，许多学科的知识更新周期已缩短至 2 ～ 3 年。编剧学的知识更新周期当然不可能如此短暂，由于其实践性很强的专业特点，许多编剧技术与方法具有较强的稳定性。但知识更新终究是不可能绕开的学术话题。如何将编剧学最新的研究成果转化为教学内容，就成了一门十分重要的功课。而做好这一功课的前提是，必须摸清现有家底，盘点已有积累，再看看有哪些缺失需要补上，哪些软肋需要强化，哪些谬误需要订正，哪些新知识、新观点、新方法、新理论需要整合，从而为编剧学新教材建设提供重要参照。

最后，当然也是培养创新型编剧人才的需要。

培养合格的创新型编剧人才，离不开教学内容与教学方法的改革，在有限的时间和空间内给学生有用的知识，都亟须科学性、实践性、先进性兼备的教材。而鼓励学生系统地研读已有的较成熟的教材，一方面可以强化学生的专业基础，另一方面可以昭示后学以前辈为例，养成努力探索学术真谛、把握科学规律的治学习惯，培育跟踪学科前沿、贴近创作实际的良好学风。

因为有了上述理由，至少让我为原初也曾经有过的犹豫找到了释怀的依据。

三

也许，还应该谈谈这 10 本教材的特点以及入选的理由。

是否可以这样说，这是国内第一套在编剧学领域比较全面科学地总结探讨话剧、戏曲、戏剧小品、电视剧编剧理论与技巧的教材丛书。著者注意吸收国内外编剧研究的理论成果，结合中国当代编剧实践，内容涉及编剧学、剧作法、编剧艺术、剧作分析、中外编剧理论史、编剧辞典、国外剧作理论与教材翻译等，在努力揭示编剧观念、创新思维、写作规范、本质特征和剧作法则等方面作出了可贵的努力。毫无疑问，这 10 本教材各有各的特点，限于篇幅，我只能挑主要的感受来表达，以初版时间为序，逐一介绍。

1.《编剧原理》

著者洪深（1894—1955）、余上沅（1897—1970）、田汉（1898—1968）、熊佛西（1900—1965）、李健吾（1906—1982）、陈白尘（1908—1994）。此著为六位中国现当代话剧史上重要的理论家、剧作家、教育家的主要编剧理论著作的汇编，书名借用熊佛西老院长的编剧理论专著。这六位先贤为上戏草创时期的名师。此次选取的文字，既是重要的学术论文，又具有教材意义。先贤们围绕"戏剧是什么"、"怎样写剧"、"怎样评剧"等问题展开阐述，娓娓道来。反复咀嚼几位著者的论述颇有醍醐灌顶、引导统率的作用。学习戏剧，同时还需要理解戏剧与文学、戏剧与社会、写意与写实、话剧与戏曲等多重关系，书中对此都有翔实的分析。同时，有关历史剧、诗剧、哑剧、小剧场戏剧等戏剧类型的论述，也颇能体现作者从实践经验中摸索出的戏剧规律，对于从事编剧创作和研究的学生而言，则是一笔宝贵的理论财富。

2.《编剧理论与技巧》

著者顾仲彝（1903—1965）。这本编撰于1963年的教材，材料丰富，案例得当，论点精辟，旁征博引，通过对古今中外优秀剧作和戏剧理论的研究，系统探索了编剧艺术的规律。其中关于戏剧创作基本特性的论述尤为精彩。著者在对西方戏剧理论作系统梳理的基础上，作出"冲突说"的归纳，简明而又有力量。在戏剧结构章节中，著者依据欧洲戏剧史上对于结构类型比较科学的分类方法，把戏剧结构分为"开放式结构"、"锁闭式结构"和"人像展览式结构"三种类型，并对不同结构的特点作精当分析，同时又选择"重点突出"、"悬念设置"、"吃惊"、"突转与发现"四种主要的结构手法作介绍，可谓鞭辟入里。稍嫌不足的是，书中难免留有那个时代所特有的政治痕迹。但这怎么能去苛求前辈呢？而且我一直以为，此著为中国编剧教材的奠基之作，在顾先生之后，几乎所有编剧教材都程度不同地受惠于此著。再说一句可能会有些偏颇的话，就教材的整体质量而言，这也是至今难以超越的经典之作。

3.《戏曲编剧理论与技巧》

著者田雨澍。本书强调戏曲的独特性，以廓清与话剧、电影等艺术形式的区别。歌舞表演是戏曲的外在表现形式，戏曲的本质是"传神"，即不断地深化、剖析人物的精神面貌、内心世界和灵魂图谱，而实现"传神"的有效方式便是虚实结合原则。以此为基础，著者较为全面地透析了戏曲人物、情节、冲突、场景和语言特色，又调度经典戏曲剧本案例辅证论点，挖掘出戏曲审美特质。全书尽可能地吸收古典论著、序跋、注释当中的散论，又广纳民间艺人从实践中总结的口诀谚语，为教学和创作提供了生动而鲜活的理论依据。

4.《戏剧结构论》

著者周端木（1932—2012）。原书名为《一座迷宫的探索》，易用现书名的缘由当然是为了体例的规整，倘若周先生有知，想来是可以理解的。此书围绕"戏剧结构"展开。戏剧，可以是冲突结构，可以是人物意识流程结构，可以是佯谬结构，可以是理念结构，可以是立体复合式结构。此著特别强调戏剧动作是组织结构的首要特性，并以此统领全著。作者还有意打破流派的分歧和界限，就情节的提炼，悬念、惊奇的运用，情节的内向化发展，独幕剧的结构特点等话题进行深入阐述，同时将不同的戏剧流派纳入讨论范围，包括《罗生门》《三姐妹》《万尼亚舅舅》《推销员之死》《野草莓》等剧作的细致分析，无疑具有生动实用的借鉴意义。

5.《戏曲写作教程》

著者宋光祖（1939—2013）。本书是专以戏曲写作为中心撰写的教材，入编时我将宋教授另著《戏曲写作论》中的"戏曲写作的理论与技巧研究"部分内容也纳入本教材。此著致力于探讨戏曲写作的历史传统和写作方法，条分缕析，深刻细致，系统完整，切实起到强化戏曲思维与写作过程中的答疑解惑之作用。作者也未局限于戏曲的特性，而是注重向话剧理论学习，以人物的性格描写、感情揭示和心理分析为主，事件或者情节为从，由浅入深、体贴入微。该著是作者经过20余年的教学实践摸索而建构的一整套独立的戏曲写作理论，格外遵从教学需求，以指导学生的写作训练为轴心，推崇从读剧看戏中总结戏曲写作理论，因此全书涉及众多中国现当代戏曲范例，还汲取了古典戏曲理论和剧作的精华，对于研习戏曲编剧的学生而言具有很强的应用性。

6.《戏剧的结构与解构》

著者孙惠柱。戏剧作为一种满足人类心理需求的"体验业"，不仅有赖于故事的叙事性结构，也需要剧场性结构的支撑。此著致力于探讨艺术家对于"第四堵墙"的态度、用法，进而分析戏剧结构的不同特点。他首先溯源穷流、归纳整理，将2500年以来戏剧的叙事性结构类型进行分类，力图展现各个时期、各种流派提倡的戏剧结构特色。其次，与相对成熟的叙事性结构相比，有关剧场结构的论著还相对匮乏。著者以编导演模式为视点，横向比较世界戏剧美学体系，纵向挖掘中国的戏剧美学脉络，中西参照、点面结合、归类清晰。全书涉及的案例从历史到当下、从传统到后现代、从经典到热点，博采众长、配图精美，乃编剧学教学的重要参考著作。作者以宽容的姿态审视不同的戏剧流派，作为编纂者，我揣测大概对于当下话剧的弊端分析也是直面戏剧乱象的必经之途。另外，就叙事性结构与剧场结构的关系研究，也颇具启发，这也是未来编剧学所要努力研究的重要方向之一。

7.《电视剧写作概论》

著者姚扣根。该著被列为教育部"十一五"规划国家级教材。此著区别于以往的电视剧写作教材，动态地对电视剧这一特定对象进行考察研究，将电视剧作为一门交叉边缘学科，既与戏剧、电影和大众传播等学科有关，又涉及其他人文学科，如文艺学、叙事学、心理学、伦理学、社会学等。另一方面，该著在阐述电视剧传承戏剧、电影及文学元素的同时，更注意站在电视媒介上，努力找出它们之间存在的不同点。换句话说，相对戏剧、电影理论的借鉴和传承而言，该著更注意符合电视媒介的需求，更注意电视剧是一种新兴的叙事艺术门类。同时，该著注意写作理论和文艺理论的相互渗透、交织，从教学方面充分注意了可操作性和示范性，提供了中外经典案例，提供一种科学的、系统的序列性训练。一方面训练学生掌握围绕具体文本写作的材料、主题、语言、结构和类型等主要内容，同时着重阐述那种得之于心，应之于手，只可意会不可言传的写作经验和技巧，并使之明朗化、系统化，并根据初学者的写作状态，循序渐进，有助于激发学生的学习兴趣，以理论推动实践训练，以实践提升理论素养。对电视剧写作的教学、研究者而言，本著可谓是一本难得的写作指南。

8.《编剧理论与技法》

本著为笔者所撰，曾获上海普通高校优秀教材一等奖。与他著相比，自知简陋。倘硬要找些特色，似乎也有。一是全书融入自己大量的创作感受，可能比较"贴肉"，具有一定的操作性；二是章末附有针对教材讲解内容的"思考与练习",计有20道思考题,部分要求写成文章,另有20道练习题,要求编写7个小型剧本提纲、6个剧本片段与7个小型戏剧剧本。希望通过这样的"多思考、多实践",让学生领会课程内容并掌握从剧本提纲到剧本片段再到完整的剧本写作的整个流程,虽然浅显,但较为实用。

9.《戏剧小品剧作教程》

著者孙祖平。本书系统地论述了戏剧小品作为一种独立的艺术样式,有着属于自己的创作特征。著者首先从戏剧小品的起源入手,详细介绍了古代小戏和现代小戏的发展历程。然后从戏剧小品的构造特征、情境张力、情节过程、结构模式、形象造型、意蕴内涵、审美途径、语境语言及样式类别等九个方面入手,对戏剧小品的创作特征进行了详尽的阐述。此著一大特色是发现了戏剧创造系统中"片段"的位置存在和价值取向,清晰地指出"场面并不直接构成一场戏或是一幕戏,在场面和幕(场)之间,还存在着一个构造组织——片段",从而提出了"戏剧小品是一个片段的戏剧"的定义,并论述了相应的特点。由此进入,戏剧小品研究的种种难题,皆能迎刃而解。同时,这一发现也使戏剧构造的理论更加科学、客观、合理。

10.《世界名剧导读》

著者刘明厚。本著遴选各个世界戏剧历史阶段中具有代表性的优秀剧目,如《俄狄浦斯王》《李尔王》《海鸥》《萨勒姆的女巫》《一个无政府主义者的意外死亡》等进行评析,涵盖了从古希腊悲剧以来西方戏剧的发展历史,以及戏剧观念、艺术表现手法的革新与变迁。在这些脍炙人口的名剧里，我们能感受到人类共同的价值观念和人文理想。此著不仅从编剧艺术分析的角度切入，还结合社会学、接受美学等理论去审视这些西方作家作品。全书评析中肯，见解独特，显示出作者具有开阔的学术视野和严谨的治学态度。

综合起来看，这10本教材，既备自成一体、各有千秋之特色，也具相互补充、相得益彰之功能。《编剧原理》虽然问世最早，文字简要，但所述概念、知识、要旨均属提纲挈领，为编剧学开山之作。《编剧理论与技巧》是前著的拓展与深化，集中外编剧专业知识之大成，可引领习剧者登高望远，总揽全局，按图索骥，成竹在胸；而与此著仅一字之差的《编剧理论与技法》则可看作是对顾著学习的心得集成，倘仔细揣摩，便可登堂入室，舞枪弄棍。《戏曲编剧理论与技巧》紧扣戏曲写作特点，阐述基本要领，给习剧者提供描红图谱；而属同类型研究性质的《戏曲写作教程》，则抓住关键要点，深入展开，时现真知灼见，令人茅塞顿开。《戏剧结构论》为著者倾情之作，所述要点，枚举案例，均融入情感色彩，既有感染力，也具说服力；《戏剧的结构与解构》虽与周著同题，但中西交融，视野开阔，观念新进，脉络清晰。两著比照着读，获得的不仅仅是对戏剧结构的融会贯通。《电视剧写作概论》与《戏剧小品剧作教程》则提供了两种不同艺术样式的写作指南，概念清晰，案例生动，特别是对写作环节的引领性提示，因为融入著者数十年创作经验，令读者释卷即跃跃欲试，如入无人之境。《世界名剧导读》既悉心绍介经典剧作，又给后学提供阅剧、评剧、品剧经验，可谓有的放矢，细致入微。

这10本教材织就编剧学知识经纬，也在一定程度上体现了编剧学之所以成为一门系统学科的实力。

至于这 10 本教材入编本丛书的理由,其实非常简单,一是为上海戏剧学院教师所著;二是必须正式出版过的;三是在教学过程中使用本教材产生较好效果的。我想,有这几条也就够了吧。

末了,请允许我再说说由衷的感言。

首先要感谢所有入编本教材丛书的编撰者(包括部分编撰者家属)的倾力支持。记得我把出版本丛书的决定与编撰者及相关人士通报时,获得的反馈竟全是热情的鼓励与诚恳的期待。为了使本丛书得以顺利出版,有的还毅然中止了与原出版社的合同;有的则搁下手头繁忙的学术研究与剧本创作任务立即对自己的原著进行补充、改写、修订;有的专门来与我商讨丛书的入编标准、装帧建议、使用范围等。凡此种种,都令我感动不已。

其次要感谢青年学者翟月琴女士的辛勤付出。作为月琴攻读博士后的合作导师,尽管知道她近期正在为国家社科基金青年项目的撰写与出站论文的修订殚心竭力,但我还是毫不犹豫地让她参与本丛书的编辑。除了深知她有丰沛的学养储备与严谨的治学态度外,更重要的是,希望她通过参与本次劳作,能更深入地了解上戏编剧学教学、理论与实践的家底,为她日后的编剧学理论研究打好基础。

月琴果然不负众望,投注热情,奉献智慧,既做了许多编务工作,又在学术上付出心血。举一个小例子,编辑工作遇到的麻烦之一是引文注释的复核,不少引文与原文有出入,或版本不详,或缺少页码,包括转引文献和作者凭感性经验引用的语句,都需要重新翻阅原著、甚至是作家全集,逐一核实。对任何一个人来说,这都是一个挑战修养与责任心的活儿,月琴做好了,而且毫无怨言,令我感动。

再次要感谢本书的责任编辑赵蔚华女士。她不仅对丛书的装帧设计，文字版式，内容规范，前言后记，体例题型都有自己独到的见解，而且还对入编的每一本教材都认真审读，并提出各种专业性很强的意见和建议，借此机会，向她表示深深的谢意。

最后，还要郑重感谢的是上戏 70 年间一代一代的学子们！正是你们求知若渴的目光、如切如磋的声波、进取奔放的心律所构成的温暖的"学巢"，才孵化催生了这一本本饱含著者心血、印有时代胎记、留下几多遗憾的编剧教材。毫无疑问，有关编剧学所具有的一切的丰润与一切的留白，都属于你们，属于未来！

我们，仅仅是戏剧征程上匆匆行走的过客……

陆军
2015.11.8

目　录

第一章　戏曲艺术的特征

　　什么是戏曲艺术的特征？这是戏曲理论研究的重要课题，正确地理解这个问题，能够促进戏曲艺术的发展，也有助于戏曲改革的顺利进行。反之，如果对戏曲特征的理解出了偏差，就会直接影响戏曲创作质量的提高，必然给戏曲事业的发展带来巨大损失。正因为这个问题的重要，引起了戏剧理论界的普遍重视，把特征问题的研究推进了一大步，取得了可喜的成绩，然而，这又是一个复杂的问题，众说纷纭，至今尚难得出统一的结论。这里论述的，只是一家之言。

　　戏曲特征是个复杂的问题，三言两语说不清楚，为了方便，需把一个问题分解为几个方面论述。

一、艺术形式的特点

　　戏曲艺术的形式特点，由于研究者的角度不同，看法也不一致，主要有下面几种。

　　第一，极大的综合性。戏剧是综合性的艺术，这个观点是正确的，也是戏剧界的传统看法。戏曲和话剧相比，综合性更强，包括文学、歌唱、舞蹈、音乐、杂技、魔术、美术等多方面的技艺，为了说明它的综合程度比话剧更高、更复杂，在综合性前面加上"极大的"修饰词，也是正确的，无可非议的。但是，"极大的综合性"这个概念，并不能说明戏曲在艺术形式上所独具的特点。综合性艺术种类很多，除了话剧之外，舞剧、木偶、舞蹈、电影等许多艺术种类都属于这个范畴。在"综合性"前面冠以"极大"之类的修饰词，也只能说明综合程度的不同，并没有阐明戏曲艺术在形式上的特殊性。因此，这个概念既不能把戏剧范畴内的戏曲、话剧、舞剧、歌剧等区别开来，也不能把不属于戏剧范畴的舞蹈、电影、电视剧等加以区别，显明的缺点是没有突出戏曲艺术在形式上的独特之处。

第二，程式化。戏曲是有程式的，认为戏曲艺术的特征是程式化，这种观点影响颇大，代表著作是《中国大百科全书·戏曲卷》。戏曲艺术的表演、角色的行当，南北曲联套，甚至舞台美术，都有一定的规范，或称为套子，人们常说的戏曲程式，就是指这些规范或套子而言。"程式"一词古代就有，但在古典戏曲论著中，尚未见到应用这个词的著作。据说，我国早期戏剧理论家余上沅先生，为了把话剧和戏曲的表演区别开来，在 20 世纪 30 年代提出过戏曲表演是程式化的这样的观点。这个观点是否正确，尚可讨论。但把这个观点扩大为戏曲艺术的基本特征是程式化的，却是缺乏说服力的，对戏曲艺术的创作也是有害的，理由有三。其一，程式并非戏曲所独有。电影镜头有远景、中景、近景、特写，又有推拉、化入、化出、淡入、淡出等，这些都是程式。舞剧的程式更为明显，就连非常贴近生活的话剧也有程式。戏曲与其他影剧艺术在作剧和表演等方面都有自己的规范，即程式，这是相同的，所不同的只是程式的繁简差异而已。可见，程式并不能把戏曲和其他影剧艺术区别开来，更不能说明戏曲艺术所独具的特征。其二，抹杀了戏曲舞蹈语汇与舞蹈的区别。戏曲动作大体由两部分组成，一部分是舞蹈语汇，如踏步、吊毛、旋子、磋步、跪步、顺风旗、兰花指等，即五功四法的"五功"，或曰"功法"。这些舞汇是戏曲动作的最小单位，可以单独使用，其性质近似语言中的词。另一部分是由舞汇构成的舞蹈，如上下场、上下楼、上下船、开关门、走边、趟马、起霸、升帐等，这些舞蹈都是有数量不同的舞蹈语汇构成的。一是戏曲舞汇，一是有舞汇构成的舞蹈，这是两种性质不同的戏曲动作，把这两种戏曲动作统称为程式，抹杀了舞汇与舞蹈的区别，显然是不科学的。其三，不利于舞台艺术的创作。戏曲舞蹈是演员塑造人物的基本手段之一，舞蹈是根据剧情和人物性格的需要设计的，是表导演艺术家创造性劳动的结晶。戏曲舞汇，即功法，是演员从事戏曲表演的基本功，不掌握这套功法，就登不上戏曲舞台。演员运用众多的舞汇，构成各式各样的舞蹈，从而完成人物的塑造，这是戏曲演员创造角色的重要过程，也是演员从事创造性劳动的重要方面。戏曲演员的职能之一，就是以戏曲舞汇为原料，创造出适应剧情和人物性格需要的舞蹈。戏曲演员的这种职能是明确的，但是，由于戏曲演员的培养，长期停留在心传口授阶段，掩盖或忽略了戏曲演员这一极为重要的职能，极大地束缚了戏曲演员的创造性。而程式化理论的提出，只能引导演员墨守已有的动作规范，不可能启发他们从事创造性的劳动，这对戏曲艺术的提高和发展是极为不利的。

第三，歌舞剧相结合。持这种观点者，是站在舞台演出和戏曲剧本两个角度上来考察问题的。从舞台表演角度上看，戏曲载歌载舞，指出它的歌舞特点是非常重要的。然而论证者大概觉得表演离不开剧本，只谈舞台表演还不全面，故而加了个"剧"字，命为"歌舞剧"相结合。这个结论似乎更完整了，实际上却弄巧成拙，问题反而说不清楚。其一，戏曲作为舞台艺术，艺术形式上的特点主要体现在表演上，"歌舞"两字大体上能够说明问题，加上个"剧"字，不仅使读者难以理解，冲淡歌舞特性，而且也不能说明戏曲文学剧本方面有什么特点，有画蛇添足之嫌。其二，这个定义并不能说明戏曲在艺术形式上的独特性。戏曲的表演离不开剧本，因此写成"歌舞剧"。话剧表演也离不开剧本，按照这个逻辑，话剧的形式特点应当是对话、动作和剧本，缩写一下就成为"话动剧"，同样使人难以理解。表演离不开剧本，这是戏剧的共性，"歌舞剧"这个结论并不能突出戏曲在艺术形式上的个性。

第四，中国戏曲史学科的开创者王国维指出，中国戏曲艺术是"合歌舞以演一事"（见《宋元戏曲考》）。这个结论指出了戏曲的"歌舞"性质，基本上概括了戏曲艺术在形式上的特点，见解是精辟的。但是，这个结论也不是尽善尽美，戏曲除了歌舞以外，还有念白，未能概括进去，不能不说是美中不足。

第五，还有一种较为流行的说法，认为戏曲的形式特点是"唱做念打"相结合。持这种观点的人为数颇多，影响甚大，我本人原来也是这种看法。这个结论的优点是把"念"概括进来。缺点有两个：一，没有突出戏曲的舞蹈性质；二，有些新兴剧种只有"做"，而无"打"，概括力不那么强。

博采众家之优点，集各家之精华，我觉得把戏曲的艺术形式特点归纳为"唱念舞"的有机结合，似乎恰当一些。理由有四：其一，戏曲的做和打，都是舞蹈化的动作，可以视为广义的舞蹈；其二，戏曲发端于舞蹈，实际上是歌舞剧，这个结论突出了戏曲的歌舞性质；其三，戏曲本身含有舞蹈的成分，诸如京剧《霸王别姬》中的"剑舞"等；其四，有些新兴地方剧种，虽然没有武打，但总是有做，用"舞"来概括，解决了这些剧种没有武打的矛盾。看来，用"唱念舞"这个概念是比较恰当的。不过这里还有一个如何理解这个概念的问题。我认为，首先，"唱念舞"三者是统一体，是化合物，不是混合体，三者都是戏曲艺术的有机组成部分。其次，说"唱念舞"是有机的结合，这是就戏曲的总体而言的，并不是在任何情况下三者都要等量齐观，平分秋色，具体到某一出戏，或一出戏的某一场，则往往有所偏重；有的偏重唱，有的偏重念，有的偏重舞（即做或打），唱念舞同时并重的戏是不太多的。另外，我国有三四百个剧种，"唱念舞"概括了这些剧种的共性，而每个剧种又有它自己的个性，有的善唱，有的善舞，有的歌舞结合而少有念白，情况不尽相同。因此，我们对"唱念舞"这个特点不能做机械的理解。弄清楚戏曲在艺术形式上的特点，对我们从事戏曲创作或研究都有非常重要的意义。第一，唱念舞这个概念突出了戏曲在艺术形式上的特殊性。话剧的形式主要是对话和动作，西洋歌剧从头唱到尾，很少有对白。舞剧既没有对白，也没有歌唱，一切都是舞蹈来表现。戏曲"唱念舞"相结合的这种艺术形式在各戏剧艺术式样中是独一无二的，表现了戏曲艺术的特殊的民族风格和艺术风貌，把戏曲同话剧、歌剧、舞剧等戏剧式样从艺术形式上比较恰当地区别开来。第二，我们从事戏曲创作，不论编剧还是导演，都应当充分注意发挥唱念舞这个特点，一个戏曲的编剧，如果写出来的剧本臃肿不堪，不能发挥戏曲唱念舞的特长，这个剧本就难以演出，即使生硬地搬上舞台，也不会得到成功。这样的剧本就是失败的剧本。这就要求我们戏曲创作者，一定要非常熟悉戏曲艺术的形式，以便写出适合戏曲演出的剧本。明人何良俊曾说："王渼陂（王九恩，作《杜子美沽酒游春》杂剧）欲填北词，求善歌者至家，闭门学唱三年，然后操笔。"（见《曲论》）这话有一定的道理。《红灯记》"痛说革命家史"一个片断，李铁梅高举号志灯跑圆场，剧作者不谙戏曲舞台艺术，就写不出这个精彩场面。第三，明确了戏曲艺术的形式特点，有助于我们搞戏曲改革。戏曲一定要改革，要推陈出新，不改革，不前进，老是那么一套，艺术生命力就要枯竭，是没有出路的。但是，也应当强调戏曲艺术不管怎么改革，唱念舞的特点决不能改掉。改掉了，就不再是戏曲，这一点必须充分注意，不注意就是乱改。乱改无助于戏曲的发展。当然，戏曲改革不仅包括形式的改革，更重要的是内容上要推陈出新，这里不是专门讨论戏曲改革问题，不多赘。

　　戏曲艺术虽然是唱念舞的有机结合，而占主导地位的却是歌与舞。前面已经谈到戏曲艺术实质上是一种歌舞剧。唱在戏曲中的重要作用，一直为人们所重视，论述者较多，不必多费唇舌，这里着重谈谈舞蹈在戏曲中的意义。戏曲的舞蹈大体上可以分为表现情绪和叙述事情的两大类。表现情绪的如走边、趟马、《贵妃醉酒》中的嗅花卧鱼、《三岔口》的武打等。这类舞蹈，以表现规定情境中的人物某种情绪为主，在戏曲中的作用特别重要。我们知道，舞蹈在戏曲中已丧失独立存在的意义，一般情况下并不系统完整，往往只是一个片断，或者几个身段，但却能有力地表现规定情境中的人物思想感情。上面举过一个例子，京剧《红灯记》"痛说革命家史"一场，李奶奶讲述了革命的家史，铁梅受了很深的教育，唱"原板"转"垛板"调子由缓慢转为急促。当唱完"我这里举红灯光芒四放"时，铁梅亮相，高举号志灯，场面起"串锤"：铁梅在紧急的锣鼓声中跑了个圆场，然后立即唱出跟着爹爹打豺狼"打不尽豺狼决不下战场"。这个圆场是个很简单的舞蹈，却把铁梅的情绪推向了高潮。这段唱，铁梅的情绪由缓慢到急昂中间的过渡，主要依靠这个圆场。运用舞蹈表现人物的情绪，这是个非常成功的实例。表现叙事的舞蹈，在戏曲中为数较多。如上船下船，上马下马等，主要是叙述人物在做某种事情。这一类，舞蹈性较差，但仍然具有舞蹈的性质，而且，如果处理得好，往往也能很好地表现人物情绪。

二、戏曲艺术的美学本质

"唱念舞"的有机结合，阐明了戏曲艺术在形式上的特点，是很重要的。然而，随着对戏曲艺术的深入研究，人们越来越感觉到这个结论仍然停留在艺术形式的表面上，尚未触及戏曲艺术的本质。因此，戏曲中的许多艺术现象，应用这个观点无法解释，或者不能完美地解释清楚，这样的现象很多。例如话剧的基本特征是对话和动作，而某些以念为主的戏曲作品，唱词极少，也是通过对话和动作来表现内容的，形式上类似话剧。萧长华的名剧《连升店》，一出戏里仅有四句简单的唱词，其余都是对白。京剧《乌龙院》的唱词也不多，全剧最精彩的"杀惜"一场，也是只念不唱。然而《连升店》等剧，都是道地的戏曲，根本没有一点点话剧的味道。香港出版的一部中国文学史，直接叫它"话剧"，当然这是不妥当的。再如，戏曲中的某些作品以唱为主，念是极次要的，少数剧本全部是唱，基本上没有念白，如淮剧《蓝桥会》。这类作品以唱取胜，念白甚少或者没有念白，做也不多，更谈不上打。西洋古典歌剧也是只唱不念，比如大家熟悉的《黑桃皇后》。这说明仅仅从唱这种艺术形式上看，戏曲中的某些唱功戏和西洋古典歌剧大体上是一致的。可以肯定地说看过《黑桃皇后》的人都会明确地指出，它和戏曲唱功戏完全是两码事，差别实在太大。又如戏曲中的武打戏，唱念都很少，京剧《雁荡山》基本上没有唱念，一开场就打，一直打到结束。从用舞来表现内容这个意义上讲，戏曲武戏和西洋芭蕾舞剧也是相似的。然而二者有着根本的区别。这些现象雄辩地说明，戏曲中的某些作品，即使在艺术形式上同话剧、西洋歌剧和舞剧有相同之处，它依然保持了戏曲所固有的艺术特性，和其他式样的戏剧有本质的差别。这个事实有力地揭示出一个道理，它说明决定戏曲艺术特征的，不仅仅是唱念舞这种独特的表现形式，它必定还有内在的因素，而且，正是这种内在的因素，决定着戏曲艺术的本质，赋予它独自的个性和特有的艺术风貌。因此，单从艺术形式上进行研究，不可能正确地阐明戏曲艺术的特征。这一点，人们越来越看得清楚，许多戏曲研究者，从各种不同的角度上探求戏曲艺术的本质，取得了显著的成绩。我国著名戏剧家黄佐临先生，首先提出戏曲是"写意"的戏剧观，这一论断受到戏剧界的普遍重视。显然这个观点触及戏曲艺术的某些本质，较以前的研究大大前进了一步，但是认真思考一下，把戏曲完全归之于"写意"，觉得还有许多现象仍然解释不通。比如，戏曲在内容上要求展现人物的精神面貌，必须深刻地揭示出人物的真情实感。川剧名旦周慕莲说："神取其肖。"（见《周慕莲舞台艺术·谈艺录》）。戏曲诀谚也有"假戏情真"之说。这说明戏曲艺术并非完全"写意"，恰恰相反，在表达人物感情方面倒需要极大的真实。又比如，戏曲的表现形式是"写意"的。但也不是和"写实"相对立的，事实上"写意"之中含有"写实"的成分。拿上楼来说，是由一大套虚拟的动作来构成的，是"写意"的。但表演者的一举一动，都必须符合生活真实的逻辑，最好的表演能够让观众感觉到有真实楼梯的存在。这些事实说明："写意"虽然是戏曲的重要特点，但仍然不能把戏曲的本质准确地完整地概括起来。

那么，究竟什么是戏曲艺术的本质？我认为这个问题必须从我国文学艺术的传统美学观点中寻觅答案。我国绘画、雕刻、书法、戏曲，乃至园林建筑，有其共同的美学基础。其中"传神"之说，为我国美学理论的精髓，也是各种传统艺术所追求的最高艺术境界。在古典画论中，对这个观点有不少论述。唐朝张彦远，宋朝郭思，都提出了很好的见解，而做出最明确阐述的是宋代邓椿，他在《画继》中说："画之为用大矣，盈天地之间万物悉皆含毫运思，曲尽其态。而所以能曲尽者，止一法耳。一者何也？曰能传神而已矣。""传神"这一概念来源于绘画，元人杨维桢说："故论画之高下者，有传形，有传神。传神者，气韵生动是也。"但在各种艺术中，"传神"这个概念的内涵略有不同，在戏曲中，系指剧中人物的精神面貌、内心世界，或者灵魂深处的善、恶、美、丑、爱、憎等。在古典戏曲理论中，也有不少这方面的论证，这里姑且把有代表性的几则抄录出来。明初朱权《太和正音谱》指出，元代作家费唐臣之词："神风耸秀，气势纵横。"明朝中叶著名戏剧作家徐渭说："夫曲本取于感发人心，歌之使奴童妇女皆喻，乃为得体。"（《南词叙录》）同书又说，《琵琶记》"唯'食糠'、'尝药'、'筑坟'、'写真'诸作，从人心流出"，在全剧中成就最高。明代戏曲理论家王骥德在《曲律》中亦说："夫曲以摹写物情，体贴入理，所取委曲宛转，以代说词……"又说："摹欢则令人神荡，写怨则令人断肠，不在快人，而在动人。此所谓'风神'，所谓'标韵'，所谓'动吾天机'。"明祁彪佳《远山堂剧品》也指出："盖情至之语，气贯其中，神行其际。"清人黄周星讲得更加透彻："论曲之妙无他，不过三字尽之，曰'能感人'而已。感人者，喜则欲歌、欲舞，悲则欲泣、欲诉，怒则欲杀、欲割，生趣勃勃，生气凛凛之谓也。"（《制曲枝语》）这些著作都论证了传神在戏曲艺术中的特殊地位及其巨大的艺术感染力。如果再征之于戏曲作品加以验证那就更能看出这种论述的正确性。元初伟大戏剧家关汉卿的《窦娥冤》，王实甫的《西厢记》，被誉为南戏鼻祖的高则诚的《琵琶记》，代表明清传奇最高成就的汤显祖的《牡丹亭》以及清朝中叶之后出现的许许多多的地方戏剧作，诸如《群英会》、《打渔杀家》、《四进士》、《宇宙锋》、《梁山伯与祝英台》等，都因为生动深刻地展现了人物的精神面貌而誉满全国，其中最优秀者将与世长存，永远放射着不朽的光辉。这说明历代杰出的戏曲作家，无不依据"传神"的美学原则，在作品中全力以赴地描绘人物的神情，展现人物的内心世界。另外，戏曲表演艺术的优劣，也以能否达到"传神"为准则，诀谚云"装龙像龙，装虎像虎"，"唱戏不像，不如不唱"，这个"像"，就是要求演员能够充分体现人物的精神面貌，达到传神的境界。元夏庭芝《青楼集》记载，珠帘秀"杂剧为当今独步，驾头、花旦、软末泥等，悉造其妙"，天然秀"闺怨杂剧为当时第一手，花旦、驾头亦臻其妙"；米旦哈"回回旦色，歌喉清宛，妙入神品"。"妙"和"神"都是我国古典戏曲理论中批评的标准，在这里是赞誉演员的表演技能已经达到传神的境地。朱权《太和正音谱》说得更好："一声唱到融神处，毛骨萧然六月寒。"所谓"融神处"，就是达到了"传神"。明朝中叶戏曲作家李开先在《词谑》中记述了当时的一位演员如何体验人物，务求"备极情态"的故事，生动地说明了演员为了达到"传神"的境界所付出的艰辛劳动。故事说，颜容"性好为戏，每登场，务备极情态"。一日扮演《赵氏孤儿》中的公孙杵臼，见观众无悲戚之感："归即左手持须，右手打其两颊尽赤，取一穿衣镜，抱一木雕孤儿，说一番，唱一番，哭一番，其孤苦感怆，真有可怜之色，难已之情。"演出了人物的神情，因此"异日复为此戏，千百人哭皆失声"。清代记载北京演剧的许多著作，在赞扬艺术家的表演成就时，也总是以能否达到"传神"为根据。小铁遂道人《日下看花记》载，徽剧演员高朗亭："一上氍毹，宛然巾帼，无分毫矫强。"倦游逸叟《梨园旧话》称赞京剧早期旦角演员胡喜禄："以态度作派胜，其所饰之人必体贴其心思，肖其身份，而行腔又宛转抑扬，恰到好处。"该书还指出：谭鑫培所饰《定军山》之黄忠，《黄鹤楼》之赵云，《挑滑车》高宠，"神完气足"，"在光采奕奕中别具一种儒雅气象"，又说余紫云《虹霓关》之丫环，姿态横生，惟妙惟肖。《梨园轶闻》亦云，俞菊笙"演《铁笼山》、《挑滑车》诸剧，俨然有大将风度"。戏曲诀谚中，也有一些专门谈论"传神"的，如"神不到，戏不妙"，"要能传神，才是活人"，"戏好学，神难描"等。还有其他著作，不再一一列举。这些记载不容置疑地说明，戏曲的编剧到表演其核心问题是撬开人物的灵魂的窗户，取得"传神"的艺术效果。"传神"就是戏曲艺术的本质。单单从艺术上讲，我们评价一部戏曲作品的好坏，一场演出的优劣，都是以能否达到"传神"的艺术境界为标准，这是戏曲艺术的传统，我们引用的材料，可以证明这个观点。

　　还有一个问题需要说明。这里把戏曲艺术的美学本质归结为"传神"，而我国传统绘画，雕刻等艺术，也要求做到"传神"，这样戏曲的本质和绘画等艺术不是一样了吗？应当承认，我国文学艺术有共同的美学基础，做不到"传神"就不是优秀的戏曲作品，也不是成功的绘画、雕刻作品，在"传神"这个基本的美学思想上，戏曲和绘画等艺术是一致的。但它们之间又有区别，有不同，以绘画和戏曲比较，区别有二。第一，绘画达到传神的材料，可以是人物，也可以是山水和花鸟，而戏曲属于文学，是写人的。戏曲中"传神"这一概念，其内涵是指写出人物的精神面貌。当然布景在某种程度上也能够传神，但在整个戏曲艺术中，那是极为次要的。而且传统戏曲根本不用布景。第二，更为重要的，绘画艺术通过固定的画面，即使是人物画，也只能表现人物在特定环境中的一种短暂的精神状态；戏曲则不然，人物的精神状态是不断发展的，一步一步深化的。因此，一般说来，一部戏曲作品对人物精神面貌的解剖，要比一个固定画面深刻得多，复杂得多。此外，"传神"的艺术手段不相同，表现手法也不相同，是显而易见的。这里就不多写了。或许有人要问，戏曲需要传神，话剧就不需要传神吗？二者的区别何在？容后面再谈。

三、虚实结合的原则

戏曲艺术是通过怎样的方式，按照什么原则来达到"传神"的呢？一些年来，戏曲界广泛流传着"以形传神"的说法，而且许多戏剧理论家和著名的戏曲表演艺术家都接受了这个观点，似乎已成定论。看来值得研究。"以形传神"之说，本于我国绘画艺术，把它引用到戏曲领域中来，并认为戏曲也是"以形传神"，当然有其合理的地方。但还应当看到，这并不是戏曲达到"传神"的唯一途径，单单提出"以形传神"是片面的，不科学的。绘画是空间艺术，"以形传神"是完全正确的，戏曲既是空间艺术，又是时间艺术，不仅"以形传神"，还要"以声（唱念）传神"。只提"以形传神"是缺乏说服力的。实际上戏曲艺术的唱念舞，时空的处理，各种艺术手段的运用，人物的装扮等，一句话，舞台上的一切都是为了传神，决非"以形传神"这一种方式。但是更应当看到的是，唱念舞和各种艺术手段，化妆、服装，总之戏曲舞台上的一切，都不是原始生活形态的再现，而是按照一定的原则进行了艺术的加工。这个加工的原则是什么？清人孔衍栻在《石村画诀》"取神"章中，就绘画如何"取神"做了精辟地阐述，说："树石人皆能之，笔致缥缈，全在云烟，乃联贯树石，合为一处者。画之精神在焉。山水树石实笔也，云烟是虚笔也。以虚运实，实者亦虚，通篇皆有灵气。"这话的意思是，画山水画，树石是实笔，云烟是虚笔，画之所以有缥缈之感，而且能够达到"传神"境界，关键在于云烟，因此得出"以虚运实，实者亦虚，通篇皆有灵气"的结论。孔衍栻虽然论述我国传统绘画艺术的"取神"之道，因为国画和戏曲在美学观点上有共同之处，故而这个结论的基本精神，大体上符合戏曲"取神"的实际情况。戏曲中的虚与实，王骥德《曲律》、李笠翁《闲情偶寄》都有所论述，它涉及生活真实和艺术真实。戏曲和其他艺术一样，源于生活又高于生活。但不是一般意义上的高于生活，某种意义上说只是近似于生活而远非逼肖，严格说来在许多方面超越了现实生活的许可，是相当不真实的。戏曲中符合生活真实的部分，是实笔；不太真实或者根本不真实的部分，是虚笔。虚实结合是戏曲艺术对现实生活进行艺术加工的原则，经过这种加工从而取得传神的艺术效果。这个特点表现在戏曲艺术的各个方面。

第一，戏曲表演艺术中的唱念舞作为"取神"的重要艺术手段，是虚与实的完美结合。人们在现实生活中，交流思想，聊天叙旧，或思考问题，甚至一个人的自言自语，除了开开玩笑等特殊情况，有谁会以唱代言？唱本身就是建立在不真实基础上的虚写。但在戏曲舞台上，那是非唱不可的。唱词一般占全剧的大部分篇幅，一个演员不会唱，或者唱得不好，就失去了做个优秀戏曲演员的起码资格。唱的作用是明显的，通过演员悦耳歌唱，准确、细腻地揭示了剧中人物的思想感情，从而深深打动观众的心灵。越剧《红楼梦》"哭灵"一场，贾宝玉的那一大段著名唱腔，述说了他被欺骗和黛玉被逼身亡的惨痛事实，悲伤欲绝，观者为之酸鼻。此处的唱本身虽然是不真实的，但由于歌唱的特殊作用，它所表达的人物感情却是真实的，而且是深刻强烈的。从这个角度上说，它又是符合生活真实的实笔。不难看出，建立在不真实基础上的唱，反而产生了极其真实而巨大的艺术感染力，有力地撬开了人物心灵的窗户，显示出虚实结合原则所具有极强的表现力。

戏曲中的舞，就是动作，大部分是虚拟的。虚拟动作要以现实生活为依据，具体动作基本上是写实的，否则观众难以看懂。然而它又存在着无法掩饰的虚假性，从总体上来讲，它是虚笔，是不真实的。例如京剧名净侯喜瑞杰作《战宛城》"马踏青苗"中的"趟马"，表示马受惊后的狂奔。曹操看马耳，勒马缰，马陷土坑中复又拉起，最后把马勒住，动作优美逼真，似有真马。但毕竟没有马，观众只能看到一匹虚拟的假马。虚拟动作，是现实生活的高度概括，和话剧相比，观众更需要借助自己的生活经验，通过想象加以补充和丰富，才能真正理解。这种建立在虚实结合基础上的动作，其优点是表现力强，有利于揭示人物的感情、性格。仍以上楼为例，京剧名旦刘长瑜在《卖水》中表现上楼时，手提长裙，起步轻盈，直奔楼上，上去之后还要回头往下看看，再把肩膀纵上几纵，揭示出小丫环天真活泼的性格和她帮助姑娘与未婚夫相会的喜悦心情。再如现代京剧《智取威虎山》的"打虎上山"，杨子荣单人独骑"趟马"上场，战马疾驰前进，下山坡，越山涧，上高岭，穿密林，一连串虚拟的动作，把这位孤胆英雄的大无畏气概及其完成任务的决心，集中完美地展现在观众面前。无需多举，仅此两例足以证明：戏曲的虚拟动作，不仅仅表明了人物在做某种活动，更重要的是深刻地展示了人物的精神面貌。由此看出，戏曲舞台上的动作，利用虚实结合的原则加以改造，就产生了巨大的表现力，成为戏曲艺术"取神"的重要的艺术手段。

第二，戏曲的时间和空间处理，与话剧相比，所受限制较少，实质上也是虚与实的结合。戏曲的时空有较大的自由，这个道理人所尽知，不在这里浪费笔墨。现在要探讨的是，为什么戏曲的时空比较自由。先探讨时间的处理。京剧《空城计》，老本原无"三报"，后来谭鑫培在演出中加了进去，这一笔加得好，好就好在充分利用了时间自由，展现了诸葛亮的内心世界。第一报马谡失守街亭，这已在诸葛亮预料之内。因此他能处之泰然，只淡淡说了一句"果然将街亭失守了"。第二报司马懿往西城而来，这触动了诸葛亮，他意识到司马懿善于用兵，是一个难以对付的敌手，但仍然没有感觉到事情的急迫。第三报司马懿大兵离西城不远。当时全营将士俱已差遣在外，西城全是老兵残将，这位一向沉着持重的汉丞相，内心深处也产生了巨大的惊恐。而他的超人之处，在于惊而不慌，恐而不乱，并能急中生智，为解燃眉，立即定下空城之计，同时一面又派人速调赵云回来，做了周密的部署。很明显，这"三报"突出地表现了诸葛亮果敢的智慧和作为一个天才军事家的胆识。而且，它也为后面情节的发展，为进一步塑造诸葛亮的形象，做了极好地铺垫。"三报"在《空城计》中可算神来之笔，实在缺少不得。但从时间上来看，这一笔却是非常不真实。姑且不去考察街亭离西城的实际距离，也不管在古代交通工具落后的情况下，大队人马行军需要多长时间才能到达，仅仅以戏论戏，舞台上的"三报"相隔短短的几分钟，在这瞬息之间，司马懿夺了街亭，又挥师向西城进发，并且逼近了西城，实际上是不可能的。这里需要说明，在时间处理上戏曲和话剧有着很大的差别，欧洲有一派戏剧理论主张，舞台上的时间和生活中的实际时间，应当大体相同。按照这个要求，《空城计》中的"三报"就失去了存在的依据。戏曲不遵守这种规定，其着眼点在于刻画人物，力求达到"传神"，为此目的，像《空城计》的"三报"，即使不符合生活的真实，艺术家们也敢于大胆创造，无所顾忌。反过来说，戏曲如果像话剧那样，完全拘泥于时间的真实，《空城计》又何来"三报"？没有"三报"，诸葛亮的内心世界又怎能揭示得如此深刻？着眼于人物刻画，不注意时间的真实，看来这就是戏曲时间处理上比较灵活的根本原因，也是它的优点。

下面再谈谈空间的处理。在戏曲舞台上，地点经常随着剧情的发展而变化，有时走个圆场就从甲地到了乙地，有时则把舞台划分成几个不同的场所。这种灵活的空间处理，和戏曲中的时间一样，也是"取神"的一种艺术手段。说明这个观点的例子很多，此处仅以淮剧《千里送京娘》一例为证。这出戏写赵匡胤去关西路上，途经清幽观，救了赵京娘，并护送她回到自己的家乡。这是一出折子戏，演出时间不超过一个小时，而舞台上的地点却变换了多次；两人从清幽观出发，途经菜花地、桥头，越岭过庄，直抵纷曲村外。这样多的地点变换，最少有两大优点。其一，既是千里相送，多次地点变换，显示出路途的遥远，从而衬托出赵匡胤见义勇为的本色。其二，地点的变换，京娘可以多次借景言情，一次又一次地拨动赵匡胤的心弦，而赵虽然感激京娘的好意，但他立志创业，始终不为儿女之情所动，这就有力地揭示出"大丈夫志在四方江湖闯"的雄心壮志。不言自明，地点的多次变换，主要是为揭示赵匡胤的精神面貌而设计的。

第三，戏曲展现人物精神面貌，经常采用夸张的手法。这种夸张实质上也是虚与实的结合。著名昆曲折子戏《思凡》，描写小尼姑向往人间夫妻生活，热望和一个小伙子结成终身伴侣。她感情激荡，无心经忏，"念几声弥陀，咐，恨一声媒婆，念几声娑婆诃，叫，叫一声没奈何，念几声哆咀哆，怎知我感叹还多"！她"心热如火"，无一解怀，闲步回廊，犹如失魂丧魄。看到两旁的罗汉，竟以为向她求爱，唱道：

　　一个儿抱膝舒怀口儿里念着我，

　　一个儿手托香腮心儿里想着我，

　　一个儿倦眼眉开朦胧的觑着我。

　　惟有那布袋罗汉笑呵呵，

　　他笑我时光错，光阴过，

　　有谁人，有谁人肯娶我这年老婆婆。

　　降龙的恼着我，

　　伏虎的恨着我。

　　那长眉大仙愁着我，

　　他愁我老来时有什么结果。

这出戏写小尼姑想嫁一个丈夫，是实笔。而把泥塑的罗汉当成有感情的活人，甚至错以为是自己的情侣，这在现实生活中一般不大可能产生，属于虚笔。实笔，描绘了小尼姑的思春之情，虚笔把这种感情推向更高的阶梯，使人物的精神面貌得到充分的展现。再如豫剧《拴娃娃》，写于二姐婚后无子，受丈夫、公婆和姑嫂的冷眼，出于无奈，去奶奶庙拴个娃娃。到了庙里，她把红头绳拴在一个最标致的泥塑童子象身上，心情十分喜悦，热情地表白将来她和丈夫对儿子的极端疼爱。当时，庙里有位正在工作的老画工，觉得于二姐的行为可笑，走到她的面前，而于二姐竟然把这位老者当做神赐的儿子，要把老者带回家去，这说明她因喜悦过度而失去了常态。剧作家写于二姐憧憬生子后的幸福生活，居然夸张到神志不清的境地，做出了如此可笑的事情，是不真实的，属于虚笔。写于二姐求子心切，是实笔。实笔是基础，虚笔则进一步挖掘人物感情，把人物形象升华到相当的高度。又如柳子戏《玩会跳船》，两个青年男女会上相遇，一见钟情，相互窥视。站在一旁的小丫环看穿了他们的心思，用虚拟的动作拉了条线，把他们的眼睛系在一起，于是四目相对，两人呆若木鸡，一动不动。直至小丫环拉断了那条根本不存在的绳子，两人才恢复了常态，重新活动起来。这种描写，由于采取了虚实结合的方法，突出地表现了两人的爱慕之情。舞台实践证明，虚实结合地夸张，不仅没有使观众感到人物形象的虚假，相反，正是这种近乎不真实的描写，更进一步展现了人物的精神面貌，对达到"传神"的艺术境界，起了某种决定性的作用。试想，如果没有小尼姑错把罗汉当做情人的描写，没有于二姐喜悦过度错把老人当成神赐儿子的描写，没有小丫环把青年男女的视线系在一起的描写，这些人物形象能够如此饱满、鲜明，而又逼真吗？

戏曲艺术的舞台美术，诸如人物的面部化妆、服装、砌末等，也是按照虚实结合的原则进行设计的，都是为"传神"服务的，因为基本精神和上面谈的相同，不再详细论述。

就以上的分析可以看出，戏曲艺术的唱念舞，时空的处理，夸张手段的运用，舞台美术等，都不是原始生活的再现，而是根据虚实结合的原则进行了艺术的加工。确切地说，如果没有虚实结合，尤其是没有虚笔，舞台上的一切都逼肖于生活的真实，那就不可能强化人物的感情性格，不可能取得"传神"的艺术效果。反之，正是为了"传神"，才需要虚实结合。著名川剧表演艺术家康芷林说得好："不像不是戏，真像不是艺，悟得情和理，是戏又是艺。"（见胡度《川剧艺诀》）这话一语道破了虚实结合的真谛，是极有价值的见解。由此看出，戏曲"取神"的原则，和孔衍栻所说"以虚运实，实者亦虚，通篇皆有灵气"，道理是一样的。如果做进一步的分析还可以看出，由于这个美学观点的作用，使戏曲产生了一种特有的艺术魅力。清代著名戏曲批评家焦循的《花部依谭》，记述了《清风亭》当时演出时在群众中引起的强烈反响："明日演《清风亭》，其始无不切齿，既而无不大快。锣鼓既歇，相视肃然，罔有戏色；归而称说，浃旬未已。"当锣歇鼓停、戏已经演完，而观众仍在"相视肃然"，甚至回到家里，还在相互"称说"，竟至"浃旬未已"，观众激动的程度可想而知。戏曲艺术所以有如此巨大而又特殊的艺术魅力，首先是追求"传神"的结果。因为一切舞台艺术手段都是为了传神，这就有力地展现了剧中人物的灵魂，同时也作用于观众的心灵，给观者以强烈地刺激，勾魂摄魄，使之沉浸在艺术幻觉的海洋中，如醉如痴，久久不忘，甚而永志不灭。其次，戏曲所具有的艺术形式美，也是形成艺术魅力的重要原因。戏曲的艺术形式，各种表现手段，都根据虚实结合的原则进行了艺术加工，最讲究好听、好看，艺术形式本身产生出多种多样的美感。唱词是戏曲剧本的主要组成部分，有诗的韵味和意境。歌唱和伴奏都具有音乐美。做和打都是美化了的动作，具有舞蹈美。化妆、服装、道具等，均富有夸张性，极其注重美观、协调，给观众以美的享受。这样，内容和形式的和谐统一，"传神"和各种形式美的有机结合，就产生了戏曲所特有的艺术魅力。

四、结　论

本章的论述分成三个部分，即"艺术形式的特点"、"戏曲艺术的美学本质"和"虚实结合的原则"。但在本章的开头我们已经说明，为了讨论问题的方便，才把一个问题分解成几个部分。实际上这三个部分是统一体，互为表里，又互相依附，不能孤立地看待，我们尽量避免把一个问题分割成几个部分，现在需要合成，把几个部分再综合起来，并指出它们之间的关系，构成一个整体。这样我们对戏曲艺术的特征，可以大体上表述如下：

戏曲形式的唱念舞，时空的处理，舞台美术以及各种艺术手段的运用，都根据虚实结合的原则进行了艺术加工，通过这种加工，从而达到了"传神"的艺术境界。我认为，这就是戏曲艺术的基本特征，是区别戏曲和其他戏剧式样的内在因素，根本的所在。在这里，"传神"是追求的目标，是戏曲艺术的灵魂；唱念舞、时空自由等，都是"取神"的表现手段，虚实结合是对各种表现手段进行艺术加工的原则。三者有机地结合起来，才能体现戏曲艺术的本质特征，如果把三者分离开来，看成孤立的或者联系不密切的因素，那是不妥当的。

为了进一步阐明这个基本论点，不妨把某些戏曲现象和创作实践中的一些问题作一番分析，算作对这个观点的补充说明。

本章在前面所谈到的几个剧本，一些单纯用戏曲形式的特点无法解释的艺术现象，如果运用这个观点进行考察，似乎能够得到比较正确的回答。为了节省笔墨，这里只把有代表性的《连升店》剖析一下，以窥见一斑。这个剧本和千万个优秀的剧作一样，完整地体现了戏曲艺术的美学原则。首先，为了取得"传神"，创作者自始至终突出了对店家灵魂的解剖。剧本的开场极为简练，王明芳上场，自报家门，以虚写的手法，做了一些必要的交待，然后扣环投宿，只用了简短几笔，就迅速进入了对店家灵魂的勾画。

> **店　家**　（内）啊哈！（上念）孟尝君子店，千里客来投——是哪
> 　　　　　　一位？
> **王明芳**　啊，店主东！
> **店　家**　哎哎哎，你往下站，我这儿不打发闲钱。

店家见王明芳衣冠破旧，以为是讨饭的乞丐，"你往下站，我这儿不打发闲钱"，一下子展现了这个势利小人的卑劣品格。这种描写贯穿于整个剧本。他对王明芳的态度，最初是百般刁难、污辱、鄙视，王明芳金榜高中之后，又极尽拍马奉承之能事，借衣、借靴、借钱，还要求到任所当差听用，那丑恶的灵魂，卑下的性格，活灵活现，跃然纸上，剧本的最后几句念白是——

> **店　家**　管厨也得赏与小人，马号也得赏与小人，嗳，这个庶务您
> 　　　　　　可得赏给小人。这么办，所有您这衙门进钱的道儿，都赏
> 　　　　　　给我一人才好哪。
> **甲锣夫**　回老爷的话，您把印交给他，让他去得啦！
> **店　家**　你走开这儿罢。
> **王明芳**　不必多言，到了任所自有分派。——外厢开道！

可以清楚地看出，作者的笔墨始终落在对店家内心深处的肮脏灵魂的揭示上，焦点准确、集中，没有旁生侧出之情，所追求的是"传神"的艺术境界，这个目标非常明确。其次，所有艺术手段都依据虚实结合的原则进行了艺术加工。这表现在三个方面。第一，对店家的描写采用了相当夸张的手法。例如，王明芳是徐州沛县人，店家为了阿谀奉承，故意说那里是个"好地方"。王明芳告诉他是个"穷苦之地"，这个不要廉耻的人物竟然说："不然，新近我们家祖坟，还要打算往那儿挪哪。"又如王明芳因变卖了衣服，只好穿着破旧褴衫见报录人。店家乘机拍马，倍献殷勤，主动贡献出自己的衣服，以便从中捞取油水。作者是这样写的——

王明芳　如此借来一用。

店　家　您这话说远啦，咱们爷两个，用不着这个借字。我的不是您的，您的不是我的。您就说拿来穿！

王明芳　好，拿来穿！

店　家　咋。（向内）伙计们，给王老爷拿衣裳，拿新衣裳。

内　　　啊！

店　家　（取衣）老爷，您瞧这颜色可心不可心？

王明芳　满好。

店　家　小店家伺候您。

王明芳　我自己穿罢。

店　家　不不！应当伺候您。您请伸袖子！（王伸袖店家故意穿空）老爷哪儿去啦！嗳！老爷在这儿哪！您请伸袖子！（王又伸袖，店家要给穿又收回）您是姓王吗？

王明芳　是姓王呀。

店　家　您的官印哪？

王明芳　明芳。

店　家　贵处哪？

王明芳　徐州沛县。

店　家　嘿！穿罢，没错儿。（王穿衣）挺合体。

不难看出，店家既想讨好，又怕弄错了对象，因此故意把袖子穿空，而且还要再询问一遍王明芳的姓名籍贯。这么几笔，形象、逼真地勾勒出这个势利小人的心理活动。不仅如此，王明芳穿戴起来，这个无耻之徒居然说："今儿个您穿上，我猛这么一瞧，真仿佛是我爸爸。"这些虚笔的夸张描写，好像放大镜一样，把微小的颗粒放大了许多，突出了店家的丑恶嘴脸，给观众留下难以磨灭的印象。第二，在时空处理上，也采用了虚实结合的方法。大幕拉开，王明芳上场，走到台口，就算到了店门，进店，往里走是上房和厢房，再走是让他住的"半间草房"。这种空间变化，完全沿袭了戏曲惯用的方法，虽然没有什么特殊之处，但对人物的刻画却起了重要的作用。店家不准许王明芳住上房、厢房，只准住"半间草房"，他那衣帽取人的卑鄙思想，他对王明芳的凌辱、刁难、蛮横，王明芳的忍让和无可奈何，只有通过比较自由的空间变化，才有可能把笔墨集中在人物灵魂的勾画上。在时间处理上更是如此，尤其是王明芳殿试之后，报录人两次呈递报单，差官通知"即刻荣任"，紧接着是江南提学道三班衙役"迎接王老爷上任"。这些人物上上下下，招之即来，挥之即去，时间上很不合理，不符合生活的真实。这些处理，显然不是单纯地交待王明芳连升三级的荣耀，而是揭露店家屡次克扣赏银的劣行，批判他欲图独揽衙门进钱道儿的贪婪思想，鞭笞他狗仗人势的丑恶，多方面展现性格，使人物形象更加丰满、逼肖。第三，这出戏的表演以念和做为主，王明芳的韵白，店家的京白，都经过了艺术的加工，虚拟动作更不是生活的翻版。这说明此剧的表演仍然采用虚实结合的方法。这就可以看出，以虚实结合的原则对各种表现手段进行了艺术加工，渗透在整个剧本的各个环节中。正是这个原因，使这出戏虽然在表现形式上类似话剧而根本不同于话剧，保持了戏曲固有的特色和独具的艺术风格。

正确理解戏曲艺术的特征，可以提高戏曲创作的艺术质量，避免或者减少某些艺术上的偏差。求取"传神"是戏曲创作的核心，唱念舞和时空自由等是艺术手段，两者之间的关系是摆定了的，不能改变的。根据这个特点，剧作者在立意之始，下笔之前，对素材的取舍，情节的选择，整个艺术构思，都应当以能否达到传神为前提。只要抓住了那些最能传神的情节，并根据戏曲的要求加以处理，这个剧本在艺术上就有可能取得成功。至于运用何种艺术手段，那倒是相当自由的，虽然也是非常重要的。以戏曲表现形式而论，一出戏里可以唱念舞同时并用，也可以侧重唱念舞的一个或者两个方面，还可以在这一场里侧重唱，在另一场里侧重念或舞，各式各样，比较灵活。由于这个原因，在戏曲传统剧目里，既有唱念舞并重的好戏，也有精彩的唱功戏、念功戏、做功戏和武打戏，丰富多彩，不拘一格。以时空而论，尤其是空间的处理，有的戏地点相对固定，有的则不断变换，也是相当的灵活。而且，无论地点的相对固定，还是不断变换，在传统戏里都保留下一批优秀剧目或者脍炙人口的场子。前者如昆曲《十五贯》中的最享盛名两场戏"判斩"和"访鼠"，后者如《梁山伯与祝英台》"十八相送"，昆曲"林冲夜奔"等。

这些事实启示我们，只要立足传神，艺术形式上是唱念舞同时并重，还是只突出某一方面；在空间处理上，地点是相对固定，还是不断变换，都能取得传神的艺术效果，写出不朽的杰作。同时它还说明剧作者在撰写剧本时，全部注意力应当放在"取神"上，而决不能本末倒置，把注意力放在如何运用艺术形式上。然而，有的剧作者因为对戏曲艺术特征的理解不那么全面，偏偏只追求艺术形式上的某些特点，没有牢牢抓住传神这个根本性的问题，因而大大降低了剧本的艺术质量。过去有"戏不够神仙凑"之说，现在某些剧本，可以说是"戏不够唱来凑"，似乎只要按上唱自然就成了戏曲。曾经看过一出戏，写"文化大革命"之后，社员还是"心有余悸"，深怕政策改变，仍然不敢搞家庭副业。为了动员群众，社长深入某农户宣传党的政策，讲了许多的道理。在这里，作者按了大段的唱词，唱腔设计得也比较悦耳，演员慷慨激昂，唱得非常卖力，然而事与愿违，观众却无动于衷，丝毫不为之所动。造成这种情况的原因是多方面的，但作者没能正确地理解戏曲的特征，唱词没有触及人物的灵魂，没有真正揭示出人物的感情，没有把唱当作传神的艺术手段，只是为了讲道理而唱，这无疑是造成艺术质量低劣的重要原因。还看过一出戏，故事说，为了保护一批红军伤病员，部队采取化整为零的方针，把他们分散到农民家里，上级指示可以当儿子，亦可以当女婿。有位老汉和他的女儿，热情接来了一位伤员。女儿很想招赘伤员为婿，但难以启齿。回家路上女儿对伤员进行了试探，问他在家有没有成过亲。红军作了否定的回答。父亲对女儿说，到了差不多的时候，就给你们把喜事办了。用红线把他拴住，整个一场戏的故事，就围绕着这个事件展开，在艺术手段上，这场戏充分运用了戏曲的空间自由，在行进中描写人物，唱念舞应有尽有，看得出创作者花了很大的力气，试图尽量发挥戏曲艺术在形式上的特长。然而这场戏并不动人，艺术效果很不理想。何以如此？除了艺术形式上虚与实结合得不那么协调外，根本原因是没有真正触及人物的灵魂。这场戏的主要情节是女儿试探伤员有没有成亲，这个情节虽然揭示出她的某种心理活动，但事情太单薄，不能真正揭示出她的内心世界，也就不能达到传神的效果。艺术形式本来是传神的手法，离开了传神不管唱得多么卖力，舞得多么起劲，不可能起到感染观众的作用。这就说明没有从本质上理解戏曲艺术的特征，片面地强调艺术形式上的特点，只能给戏曲创作带来严重的损失，不可能写出优秀作品来。

最后让我们回答戏曲和话剧在传神方面有什么不同。在传神的手段上，戏曲采用"唱念舞"相结合的方式，话剧主要通过对话和动作，不消说，这里有显著的区别。更主要的是美学思想的不同，戏曲运用虚实结合的原则对生活进行了艺术加工。经过加工，人物的精神面貌被极大地扩张了，而且比现实生活要强烈得多，集中得多。话剧，这里指写实主义的话剧，追求生活的幻觉，受这种美学思想的制约，对人物的精神面貌解剖，虽然也要经过某种加工，但决不能像戏曲那样过分地夸张。这方面的区别也是显著的。我们应当看到，戏曲和话剧在传神方面，总的说来是共同的、一致的。但是，我们更应该看到它们的区别。如果看不到，或者看到了而不承认这种区别，那是片面的、错误的。另外，还有一些与戏曲艺术的特征有关的问题。例如新编历史剧，尤其是戏曲现代戏的特征，是否和传统剧相同？随着科学技术的发展，戏曲会不会走向写实主义？舞蹈会不会消弱？这些问题都和戏曲改革有关，讨论戏曲改革时再谈。

第二章　人物塑造

　　人物塑造是戏曲创作的中心环节，一部戏曲作品艺术质量的优劣，主要看人物塑造是否成功。在这个问题上，戏曲作为文学的一种，和小说、叙事诗等，有不少一致的地方，而且戏曲作为戏剧门类的一种，和话剧等戏剧式样，有更多的相同之处。但是，戏曲又是一门独立的戏剧艺术，受我国传统美学思想和独特艺术形式的制约，在人物塑造上也呈现出一些独具的、其他戏剧式样不具备的，或者虽然具备但并不突出的特点。本章着重讨论这种特点。

一、人物与主题的关系

　　一般说来戏曲剧本都要有个主题，这首先应当肯定。但如何表现主题，却有不同的做法。主要有两种路子。一种是主题统辖人物，人物图解主题。另一种是通过对剧中人物的感情、性格和心理活动的充分描写，揭示人物的内心世界，从而体现主题。两种路子哪一种正确？先分析作品，然后再下结论。

　　主题统辖人物，人物图解主题，在中国戏曲史上按照这条路子创作的剧本，数量相当可观，明朝大官僚邱浚的《伍伦全备》是这方面颇有代表性的剧作。这个剧本直接宣扬了封建伦理道德，赤裸裸地歌颂了忠孝节义。剧本第一出开宗明义，作者通过副末之口宣布了他的创作目的："五伦全备，发乎性情，生乎义理……搬演出来，使世上为子的看了便孝，为臣的看了便忠，为弟的看了效其兄，为兄的看了友其弟，为夫妇的看了相和顺，为朋友的看了相敬信，为继母的看了不管前子，为徒的看了必念其师，为妾的看了不相嫉妒，奴婢看了不相忌害。"为了体现主题，作者把忠、孝、节、义等概念，分别加在伍伦全、伍伦备、安克和、施淑秀等主要人物身上，使他们成为这些概念的化身。为完成这种说教，剧本的总体构思，围绕着表现封建"义理"展开，而不是全力揭示人物的内心世界，完全违背了戏曲艺术"传神"的美学准则。在这种创作思想指导下写出来的人物是死的人物，没有个性和灵魂的人物。还在明朝的时候，戏曲理论家吕天成就指出，《伍伦》"近腐"，批评邱浚"造捏不新，知老辈之多钝"（见《曲品》），已把此剧列为失败的作品。

为了阐明道理，不妨把京剧《群英会》和根据这个剧本改编的《赤壁之战》作一番比较。《群英会》是京剧早期剧目之一，写的是历史故事，但又不受历史真实的束缚，着重描写人物的精神面貌。孔明的超人智慧，周瑜智勇双全而又心胸狭窄的英武形象，鲁肃憨厚诚恳颇带几分迂腐的性格，曹操的骄横奸诈，蒋干的呆蠢，都写得绘声绘色。这个剧本虽然写了曹操骄兵必败的教训，也写了诸葛亮孙刘结盟的战略思想，但主要还是写人物的智慧。20世纪50年代末，根据这个剧本改编的《赤壁之战》，虽然保留了《群英会》的基本内容，但总体构思在于"突出孙刘联盟以少胜多的战略思想和曹操失败的原因"（见京剧《赤壁之战·前记》)，立足于写一种"战略思想"，不再着意于人物精神世界的解剖。为了突出这种"战略思想"，该剧增加了诸葛亮"舌战群儒"的内容，用了不少笔墨描写要不要缔结和坚持孙刘联盟的争论，说教味道相当浓厚。也是为了突出这个主题，作者对剧中主要人物（如孔明、鲁肃、周瑜、曹操等）的精神面貌作了一些润色（同上）。在《赤壁之战》中，鲁肃成为吴国结盟政策的化身，改变了原本中他那憨厚迂腐的可爱性格，不再是一个栩栩如生的人物。两个剧本，两种写法，两种不同的结果。《群英会》是从人物形象中体现主题，《赤壁之战》则根据主题的需要设计人物，人物为主题服务。两种不同的创作路子，人物形象的鲜明性也迥然不同。这里仅把"借箭"一场做一些比较。

《群英会》中的鲁肃，对诸葛亮的"借箭"活动一直迷惑不解，在舟中始终惊恐不定。上船之后，诸葛亮命令"船往江北而发"。鲁肃恐慌不定，马上制止——

鲁　肃　　慢来，慢来。那江北乃是曹营地面，如何去得？要去你去，我不去，我要下去了。

诸葛亮　　慢来，已经开船了。

鲁　肃　　啊，开船了！呵呵，我这条性命，断送你手了！

诸葛亮　　来来来，你我饮酒哇。

鲁　肃　　还饮酒呢！

诸葛亮　　（唱西皮原板）

　　　　　　　一霎时白茫茫满江雾厚，

　　　　　　　顷刻间辨不出在岸在舟；

　　　　　　　似这等巧机关谁能识透，

　　　　　　　学轩辕指南车大破蚩尤。

鲁　肃　　（接唱）

鲁子敬在舟中浑身颤抖，

把性命当儿戏他全不担忧；

这时候他还有心肠饮酒，

怕只怕到曹营难保人头！

船到了江心，诸葛亮命令"直往曹营进发"，鲁肃更加惧怕，竟怀疑诸葛亮"有甚么疯病"，又一次要下船回去："要去你去，我不去，来来来，将船拢了，我要回去了。"诸葛亮告诉他"船行半江，拢不住岸了"，"你我饮酒取乐。"

鲁　肃　怎么，还要吃酒？

诸葛亮　吃酒有趣呀。

鲁　肃　诸葛亮啊！

诸葛亮　怎么样啊！

鲁　肃　我鲁肃待你不错呀！

诸葛亮　本来的不错呀。

鲁　肃　怎么你临死还要拉一个垫背的呀？

诸葛亮　唉，饮酒有趣呀。

鲁　肃　唉！我也看出来了，破着我这个人头不要，我就交你这个朋友！来来来，吃酒哇。（狂饮）

船临近曹营，诸葛亮命令"擂鼓呐喊"，鲁肃越发不解，高喊"慢来慢来"，"抱头伏案"，惊恐不已。

　　这是一场好戏。鲁肃正直、憨厚而也带点迂腐的性格，写得活灵活现，亲切可爱，真的把人物写活了。而且，作者运用对比手法，通过对鲁肃惊恐和迷惑不解的渲染，衬托出诸葛亮智慧超群，这个人物也因此活了起来。这场戏登场人物虽然很多，而实际上只写了两个人物，由于人物性格鲜明，对比强烈，演出时满台是戏，毫无单薄的感觉，因此长期以来一直得到观众的喜爱。

《火烧赤壁》则是另外一种情形。上船之后，诸葛亮命"船往曹营而发"，鲁肃急忙阻止。

鲁　肃　慢来，慢来。啊先生，那曹营焉能去得？

诸葛亮　去去又待何妨。

鲁　肃　要去你去，我不去，我要下船了。

诸葛亮　船已开了，你呀，下不去了。来，来，来，你我吃酒呀！

鲁　肃　哎呀呀！事到如今，你还有此雅兴吃酒呢？咳！

（唱西皮原板）

　　　　　鲁子敬在江中思前想后，

　　　　　料定他有妙策未免担忧。

　　　　　这时候哪还有心肠饮酒，

　　　　　平空里十万箭何处去求？

诸葛亮　大夫！（唱西皮原板）

　　　　　一霎时白茫茫雾满江口。

　　　　　大夫，你来看！（指满江大雾。）

鲁　肃　（惊悟）啊？（接唱西皮原板）

　　　　　顷刻间辨不出在岸在舟。

　　　　　似这等巧机关怎能解透，

诸葛亮　大夫哇（接唱西皮原板）

　　　　　　十万箭要向那曹营去收。

鲁　肃　哎呀先生，你怎么知道今晚有此大雾哇？

诸葛亮　嘿嘿，为谋士者怎能不知天文地理！

鲁　肃　诸葛亮啊！

诸葛亮　怎么样啊？

鲁　肃　你既有此妙算，何不早讲？险些把我的胆都吓破了哇！

诸葛亮　你的胆也特小了！

鲁　肃　你的胆也特大了！

诸葛亮　吃酒啊。

鲁　肃　好，吃酒。

　　此剧中的鲁肃显然很聪明，很有智谋，当看到满江的大雾，马上解透了诸葛亮的机关。行船之中，他毫无惧色，能够坦然饮酒。船至曹营，诸葛亮"吩咐擂鼓呐喊"，他也没有表现出半点恐惧。人物是提高了，但没有个性，形象远不如原剧鲜明。作者为什么这样写？原因可能很多，为了突出主题则是主要的。这个戏写的是"孙刘联盟以少胜多的战略思想"，而鲁肃是东吴结盟的代表，是这个"战略思想"的体现者，像《群英会》那样，把他写得耿直而又迂腐，怎么懂得结盟的重要性，又如何体现主题？我们看到，把鲁肃写成结盟思想的体现者，就拔高了人物，突出了主题，使剧本倾向性一目了然，而且人物也比原剧更接近历史真实。但是，这么写却抹平了原剧中人物性格的棱角，使主要人物成为某种概念的符号和结盟政策的化身，这就偏离了戏曲艺术传神的美学准则，降低了人物形象的感染力。正因如此，该剧无力与原剧抗衡，只能昙花一现，作为一个短命的剧本，很快在舞台上消失了。而《群英会》却仍旧活在舞台上，成为经常上演的剧目。

实践证明，按照主题统辖人物，人物图解主题的路子写的剧本，虽然主题鲜明突出，而人物却是概念的，没有血肉的。这样的作品必然被历史所淘汰。正确的创作路子是第二种，即通过人物内心世界的解剖来体现主题。何以如此？戏曲艺术的基本特征使然。戏曲艺术的"传神"美学思想，要求深刻解剖人物的内心世界；而艺术形式上的唱与舞，都必须建立在人物的真情实感基础上，人物有了真情实感才能唱得出，舞得起，无病呻吟的歌与舞，是难以打动观众心灵的。通过人物内心世界的解剖来体现主题，是戏曲剧本创作中的第一要义，牢牢把握并施用于创作实践，就为创作优秀戏曲剧本提供了可能。

需要指出，在人物与主题的关系上，话剧与戏曲是不完全相同的。按照人物体现主题的路子，不仅可以创作出优秀的戏曲剧本，也能写出优秀的话剧剧本，这是一致的。但是，由于话剧固有的特征，它可以通过深刻思想的揭示来启迪观众，同样能够取得极好的艺术效果。这类作品以反映生活的深刻性见长，人物往往是没有血肉的，或者概念化、类型化的，而剧本却不失为优秀作品。这是话剧的长处，也是和戏曲不相同之处。

戏曲创作应当通过人物体现主题，怎样体现主题？为什么能够体现主题？这是要研究的又一重要问题。

二、寓义理于感情性格中

写戏是为了教育、启发、感染和娱乐观众的，一出戏所以应当有个主题，就是为了起这样的作用。戏曲的这种作用，是通过对剧中人物的褒贬来达到的。明代戏剧理论家王骥德说："古人往矣，吾取古事，丽今声，华衮其贤者，粉墨其慝者，奏之场上，令观者藉为劝惩兴起，甚或扼腕裂眦，涕泗交下而不能已，此方为有关世教文字。"（见《曲律》）这话的意思是说，剧作家塑造人物时，一要褒扬贤者，鞭答慝者，换种说法，就是要赋于人物某种社会意义，起到教育作用；二要写出人物的感情性格，令观者"扼腕裂眦，涕泗交下"，得到强烈地感染。在一个人物身上，既要体现某种社会意义，又要揭示出人物的感情性格，二者如何统一起来？考察古今优秀戏曲剧本，基本方法是寓义理于人物感情性格之中。为了说明道理，这里以京剧《四进士》为例进行探讨。

先让我们从具体形象入手。

《四进士》的主人公宋士杰是一位见义勇为、疾恶如仇并且富有反抗精神的刀笔先生。他有正义感，和杨素贞从不相识，竟能挺身相救，认为义女之后，就坚决地承担起打官司的重担。出于这种正义感，他几上公堂，面斗凶狠的顾读。更难能可贵的是，他这个深知王法的人，明明知道"黎民告官当问斩"，为了干女儿能打赢官司，居然置自身受刑于不顾，一状告倒了两个封疆大臣，一个百里县令，被判为边外充军。他为弱者鸣冤，为受屈辱者打抱不平，竟然到了不顾自己受刑的地步，这种品质是高尚的、无私的。正义感是宋士杰思想品质最基本的方面，没有这一点，就没有这个艺术形象，也就没有这个剧本。另外，作者还突出地描写了他的反抗精神，在残酷的贪官恶吏面前，他从来不屈服，不示弱，坚韧不拔，一直斗争到底。在这个人物身上，寄托了作者对社会的评价，通过他与顾读、田伦的尖锐斗争，严厉抨击了滥官污吏的罪恶和社会的黑暗，表现了受压迫者的愿望。这是作者赋于这个艺术形象的思想意义，也是这个剧本的基本倾向。然而作者的笔锋并没有停留在解释这些思想概念上，目的也不是仅仅让观众知道宋士杰具备某种思想品质，得到一个完整的概念，而是透过这些来揭示人物的灵魂，展现人物内心深处的爱憎与神情。这样写，人物就有了血肉和灵魂，而不是某种思想概念的化身。这一点，从剧本对宋士杰的描写中，许多地方体现出来。拿正义感来说，是宋士杰最主要的思想品质，作者做了完美的描写和尽情的歌颂，但在正义感背后，作者的着重点仍是揭示人物的内心活动和丰富的感情。宋士杰第一次上场，略做了几句介绍，作者马上就进入了对他内心世界的解剖。他走在街上，看到信阳州无赖追赶杨素贞，要不要上去救她，思想上产生了矛盾。他想打抱不平，旋即想到只因多管闲事，才革掉了刑房书吏，"不管也罢"。当杨素贞高叫"异乡人好命苦"时，他的同情心和正义感勃然而起，"我宋士杰不管，他们哪一个敢管"，下决心"救她一救"。这几笔描写，着墨不多，又是粗线条的勾勒，却触及人物的灵魂，宋士杰爱什么，恨什么，初步地然而又是真实地表现出来。在这里，作者的着眼点显然不是单单说明宋士杰具有正义感这么一个思想概念和优秀品质，其真实目的是揭示他的爱与憎。

深入解剖人物的内心世界，贯穿剧本的始终，这在一公堂，二公堂和三公堂，写得尤为突出。

一公堂，顾读指责宋士杰包揽词讼，被他一席铮铮有力的言词顶了回去。

顾　读　杨素贞越衙告状，住在你的家中，分明你挑唆而来，岂不是包揽词讼！

宋士杰　小人有下情回禀。

顾　读　讲！

宋士杰　咋！小人宋士杰，在前任道台衙门当过一名刑房书吏。……曾记得那年去河南上蔡县办差，住在杨素贞她父的家中，杨素贞那时间才这么大；拜在我的名下，以为义女。数载以来，书不来，信不去，杨素贞她父已死。她长大成人，许配姚庭梅为妻，她的亲夫被人害死；常言道：是亲者不能不顾；不是亲者不能相顾。她是我的干女儿，我是她的干父；干女儿不住在干父家中，难道说，叫她住在庵堂寺院！

顾　读　嘿！你好一张利口！

宋士杰　句句实言。

宋士杰和杨素贞的关系是临时编造出来的，但却能对答如流，不露一点破绽，弄得不可一世的道台老爷无可奈何，显示出他的争辩才能。同时，这个场面还表现了宋士杰那倔强傲上的性格。对宋士杰争辩才能和倔强性格的描写，已经展现出他的神情，然而作者并不以此为满足，而做了更深一层的描写。在这场戏里，可以清楚地看出宋士杰爱憎分明的立场，字里行间流露着对顾读的憎恶。他编造和杨素贞的关系，是为了保护弱者，伸张正义，对受迫害者充满了无限的同情。他的傲慢态度，出自对顾读这类滥官污吏的极端鄙视。这些，都是他内心真实感情的自然表露。这就触及人物的精神面貌，比单纯描写他的能说会道和倔强性格，要深刻得多，感人得多。

二公堂，作者以更浓烈的笔触，进一步解剖了宋士杰的灵魂。顾读受贿枉法，杨素贞屈打成招，宋士杰喊冤上堂，当众揭露了顾读"办事不公"和受贿的罪行。这位大老爷被辩得理亏词穷，恼羞成怒，只能借助封建淫威，对宋士杰进行了残酷拷打。

宋士杰　谢大人的责！

顾　读　宋士杰，我打得你可公？

宋士杰　不公。

顾　读　打得你可是？

宋士杰　不是。

顾　读　不公也要公，不是也要是；从今以后，你要少来见我！

宋士杰　见见何妨？

顾　读　再若见我，定要你的老命！

宋士杰　不定是谁要谁的命！

顾　读　下去！

宋士杰　走。

顾　读　轰了下去！

宋士杰　走哇！

这场戏里，顾读要用大刑，宋士杰据理以辩，"我身无过犯""你打我不得"，顾读无词以对。受刑之后，他仍旧毫不承弱，一口咬定打得"不公"，"不是"。看得出，这个片段把宋士杰倔强傲上的性格，写得更为鲜明、突出。同时也看得出，对宋士杰内心世界的解剖，更加深刻、充分。宋士杰对顾读的态度，由鄙视、傲慢，上升为愤恨，仇视，甚至必置之于死地。这种仇恨，来源于他的正义感，出源于他对顾读的深恶痛绝，进一步体现了他那爱憎分明的立场，思想感情更加强烈。

三公堂，宋士杰打赢了官司，却因为触犯了不平等的封建法律而被"发往边外充军"。他披枷戴锁走出察院，想到自己年迈，这次离乡背井，凶多吉少，又无儿无女，孤苦伶仃，悲戚之情油然而生，唱道——

> 悲切切出了都察院，
> 只见杨春与素贞。
> 你家在河南上蔡县，
> 你住南京水西门，
> 我三人从来不相认，
> 宋士杰与你们是哪门子亲！
> 我为你挨了四十板，
> 我为你披枷戴锁边外去充军。
> 可怜我年迈人离乡井，
> 杨春、杨素贞啊！
> 谁是我披麻戴孝人！

这段唱词把宋士杰的思想感情推向了高峰。人物的悲苦、感伤之情，一下子迸发出来，把灵魂深处的东西和盘端给了观众。

《四进士》的作者，其创作目的是褒扬宋士杰见义勇为的优秀品质，但作者的着墨点却放在揭示宋士杰的感情、性格和心理活动上，优秀品质是伴随感情、性格和心理活动的揭示而表现出来，这就是所谓寓义理于感情性格之中。按照这个道理进行创作，写出来的人物是活的人物，有血有肉的人物，对观众可以起到极大的感染作用，教育作用。

寓义理于人物感情性格之中，只是一种道理，一种理论，掌握这种理论是重要的，但掌握了这种理论，懂得了这个道理，并不等于能够写出有血有肉的人物来。为什么？人物所以有血有肉，原因在于写出了人物的感情、性格和心理活动。而揭示人物感情、性格心理活动这三个方面，不仅是创作理论，更是具体的写作技巧。就戏曲而言，只有掌握了这些技巧，才能写出活灵活现的人物。下面就这三方面的具体写作技巧做一些探讨。

三、充分揭示人物感情

充分揭示人物感情，是戏曲艺术塑造人物的最重要的方法之一。

戏曲一定要写情，否定了写情，就否定了戏曲。今后，随着社会的前进，戏曲还要继续发展，形式上还要变化。但可以预料，不管怎样变化，揭示人物感情不会有根本的改变，改变了，戏曲就失去了自己固有的特征，就不能称其为戏曲。

戏曲揭示人物感情最显著的特点就是充分。所谓充分，包括两层意思，一层是把人物感情写深写透；另一层是写出人物感情的复杂性。戏曲史上许多不朽之作，人物塑造上成功的重要秘诀就在这里。关汉卿的《窦娥冤》，真实地揭露了元代社会的深刻矛盾，是一出政治性很强的杰出剧作。这么一出富有战斗性的作品，关汉卿在塑造窦娥这个形象时，仍然把注意力放在充分揭示人物感情上。该剧四折一楔子，重点是第三折。这折戏写窦娥被押赴市曹斩首的情形。一个无辜女子，惨遭刽子手的屠刀，她有冤、有仇、有恨。临刑前她那满腔的怒气，不可遏止，像熊熊的烈火，一下子喷发出来——

没来由犯王法，不提防遭刑宪，叫声屈动地惊天。顷刻间游魂先赴森罗殿，怎不将天地也生埋怨。

有日月朝暮悬，有鬼神掌着生死权。天地也只合把清浊分辨，可怎生糊突了盗跖颜渊。为善的受贫穷更命短，造恶的享富贵又寿延。天地也，做得个怕硬欺软，却元来也这般顺水推船。地也，你不分好歹何为地？天也，你错勘贤愚枉做天！哎，只落得两泪涟涟。

你道是天公不可欺，人心不可怜，不知皇天也肯从人愿。做甚么三年不见甘霖降？也只为东海曾经孝妇冤。如今轮到你山阳县。这都是官吏每无心正法，使百姓有口难言。

这些曲词是反抗者的声音，不屈者的咒语。她怨天怨地，咒骂官府，生动地勾勒出窦娥彼时彼地的憎恨与怨仇，人物感情揭示得相当充分。但是，关汉卿并不以此为满足，为了揭示得更加充分，又做了进一步的描写。临刑之前窦娥发下三桩无头誓愿，以证明自己洁白无辜。在那个暗无天日的社会里，一个弱女子惨遭杀害，有冤无处伸，有苦无处诉，只能借助这些无头誓愿，来发泄她的仇恨。通过三桩誓愿的描写，窦娥的感情升华到更高的境地，进一步体现了她那烈火般的反抗精神。该剧对窦娥感情的揭示，并不仅仅限于第三折，其余各折也有许多描写，而以这一折特别突出，特别强烈。可以毫不夸张地说，没有对窦娥感情的充分揭示，就没有窦娥这个艺术形象。没有窦娥这个形象，又何来《窦娥冤》这部千古名著？充分揭示人物感情在人物塑造上的重要意义，就可不言自喻了。

明清以来，传奇盛行。清初《长生殿》问世，蜚声剧坛。剧作家洪昇明确宣布，他的剧本是写情的："先圣不曾删郑、卫，吾侪取义翻宫、徵。借太真外传谱新词，情而已。"(见《长生殿》第一出"传概")这个宗旨贯穿在整本《长生殿》中，许多出重点戏，可以说是充分写情的典范，其中第三十二出"哭像"颇有代表性，现作一粗略分析。

"哭像"的情节很简单，写杨贵妃死后，唐明皇朝夕思念，故尔用檀香木雕成生像，送入庙里供养。全出分为五个大段，每段都是写"哭"的。

第一段"等像"，唐明皇上场，自报家门，简单介绍了迎像的事情，于是就哭起来，连续唱了六支曲子，回忆杨贵妃被杀经过，悲痛欲绝。

第二段"迎像"，唐明皇见像不见人，心灵深处激起了更大的悲恸，哭出：

别离一向，忽看娇样。待与你叙我冤情，说我惊魂，话我愁肠……〔近前叫科〕妃子、妃子，怎不见你回笑庞，答应响，移身前傍。〔细看像，大哭科〕呀，原来是刻香檀做成的神像。

第三段把像送入庙中，"升座"，唐明皇哭唱：

我向这庙里抬头觑望，问何如西宫南苑，金屋辉光？那里有鸳帏、绣幕、芙蓉帐，空则见颤巍巍神幔高张，泥塑的宫娥两两，帛装的阿监双双。剪簇簇幡旌飏，招不得香魂再转，却与我摇曳吊心肠。

第四段"祭像"，唐明皇感情达到顶点，"终肠爵"，〔生捧酒科〕，唱"四煞"：

奠灵筵礼已终，诉衷情话正长。你娇波不动，可见我愁模样？只为我金钗钿盒情辜负，致使你白练黄泉恨渺茫。〔生哭科〕向此际槌胸想，好一似刀裁了肺腑，火烙了肝肠。

第五段祭奠已毕，唐明皇摆驾回宫，在行进的路上，唱道：

出新祠泪未收，转行宫痛怎忘？对残霞落日空凝望！寡人今夜呵，把哭不尽的衷情，和你梦儿里再细讲。

这出戏名为"哭像"，作者在哭字上大作文章。唐明皇一上场就哭，一直哭到下场，哭了整整一出戏。人物感情的揭示以"像"为依托，借景抒情，以物咏情，在哭声中人物感情得到充分揭示。这出戏，通篇都在写唐明皇的悲痛之情，焦点非常集中，而每一段中人物的感情色彩又有程度的差别。随着情节的进展，感情由浅入深，反反复复，一唱三叹，逐步到达了顶点。这样写，唐明皇的悲痛之情被揭示得深透而复杂，逼真而感人，达到了传神的境地。《长生殿》成书已有三百年的历史，"哭像"一出一直活在舞台上，至今仍为观众所喜爱，足见艺术生命力之强。为什么会有这样长久的艺术生命力？追其原因，主要是人物塑造得成功。又追其原因，人物塑造何以如此成功？主要是人物感情揭示得充分。

再举一个《宇宙锋》的例子。这出戏是京剧和汉剧的传统剧目，经常上演的有"修本"和"金殿"两场。"修本"又以赵女装疯这个片断最为精彩，算得上揭示人物复杂感情的范例。赵女得知父亲把她献给秦二世为妃，心里产生极度的愤恨，但又无可奈何。在哑奴的启示下，她装起疯来，以求渡过难关："见哑奴，她叫我，把乌云扯乱，抓花容，脱绣鞋，扯破衣衫。"这突然的变化，赵高完全没有料到，忙问："你当真疯了。"赵女"随机应变"，要上天入地，连笑三次。这三次笑，笑出了人物感情，是装疯的进一步发展。赵高是赵女的生身父亲，但又是破坏她幸福生活的仇敌。为了骗过赵高，在他面前必须是真笑，实际上是为了洁身自白的苦笑。同时，她又有满腹怨恨，内心极度悲痛，这种笑又夹杂着无限的凄楚。这种复杂感情的笑声，给观众的感觉，与其说是笑，倒不如说是哭，甚至比哭还要难受。虽然这种复杂感情的笑是通过演员的表演揭示出来的，但剧作者如果没有留下"台阶"，不管演员有多少才华，也将无能为力。赵女为了让老奸巨滑的父亲信以为真，又故意撕下赵高的胡子，并叫了一声"儿啊"。她不是真疯，而是神志清醒的正常人，把自己的父亲当做儿子，不消说是违背心意的。但为了保全自己，又不得不这样做。她内心的苦痛和命运的悲惨，在这里得到了加强。聪明的哑奴又在一旁示意，让她拉赵高去闺房睡觉。她不能接受，思想上产生尖锐的矛盾，经过一番激烈的思想斗争，最后还是下了决心，唱出"我值得把官人一声来唤，一声来唤，奴的夫哇"，悲苦之情到了顶点，接着唱出"随我到闺房内共话缠绵"。梅兰芳先生曾说："从赵女装疯以后，同时要做出三种表情：（一）对哑奴是接受她暗示的真面目；（二）对赵高是装疯的假面目；（三）自己是在沉吟思索当中，透露出进退两难的神气。"（见《舞台生活四十年》）赵女对哑奴是真面目，希望从她那里得到启发、支持、同情和安慰；对赵高是假面目，在他面前要装疯，要装得像，要硬着头皮叫儿子，叫丈夫。赵女内心是凄楚的、悲愤的，但又必须强做笑颜，把真实的感情隐藏起来，以便骗过赵高。这种真真假假，凄凄楚楚，而又面带笑容的神情，使赵女的感情呈现出非常复杂的状态。然而，正是这种复杂的状态，像一把万能的工具，有力地撬开了人物的内心世界。

近几年来，许多剧作者在戏曲现代戏的创作中，塑造人物也采用了充分揭示人物感情的方法，同样取得了良好的艺术效果。川剧《四姑娘》"三扣门"一场，充分揭示出四姑娘的内心矛盾，对完成四姑娘这个形象，起了决定性的作用。

古往今来的事实说明，充分揭示人物感情是戏曲塑造人物最重要的手段之一。为了充分揭示人物感情，首先必须把感情挖深挖透。如何挖深挖透？历史和现实都提供了丰富的经验。其基本方法就是一唱三叹，反复歌咏。关汉卿笔下的窦娥，在去刑场的路上，发出了对天地官府的诅咒，表现了她的反抗精神；而在临刑之前又发下了三桩誓愿，进一步表现了这种精神。《长生殿》"哭像"，五个段落都是写唐明皇思念杨贵妃的悲伤感情，通过反反复复的歌咏，人物感情揭示得淋漓尽致。《宇宙锋》的赵女，随着装疯的进展，感情一步一步深化。"三扣门"一场四姑娘的矛盾心情，也反复了三次。显然，通过这种反复的描写，人物感情才能逐步升华，达到非常强烈的程度，直至挖深挖透。充分揭示人物感情，还必须揭示人物感情的复杂性？在规定情境下，由于人物关系的不同和变化，或者人物心情和处境的差别，抑或其他原因，人物感情往往是非常复杂的。有经验的戏曲作家，最善于抓住这些地方，把人物复杂的感情全盘托出。我们看到，窦娥、唐明皇、赵女、四姑娘，感情都相当复杂，赵女尤其如此。把人物感情挖深挖透和揭示出人物感情的复杂性，两者有区别，又互相联系，在一般情况下，充分揭示人物感情应该包括这两个方面。

四、强化人物性格特征

戏曲侧重抒情，善于抒情，因为这个缘故，人们往往误以为戏曲不重视性格描写。其实不然，性格描写同样是戏曲创作中"取神"的重要艺术手段之一。许多优秀的传统剧目，都侧重于人物性格的描写，成为不可多得的保留剧目，比如京剧《群英会》、《四进士》、《豆汁计》、《战洪洲》、川剧《乔老爷奇遇》、秦腔《柜中缘》、豫剧《花打朝》、越剧《白奶奶醉酒》等，均属这个类型。戏曲的人物塑造，问题不在于要不要性格描写，关键在于这种描写有什么特色和怎样描写。

戏曲艺术性格描写的最主要的特点是个性突出，色彩极为鲜明。比如《花打朝》中的程夫人，是个喜剧人物，出了许多笑话。罗府赴宴，贪吃大肉烫了嘴巴，急着吃鱼让骨头卡住嗓子，答允给仆人赏钱而又没带分文。上金殿保本皇帝说她没有资格，她索性搬了把交椅与皇帝面对面坐着；皇帝要杀她的头，她竟然拎起椅子向皇帝打去。这个泼辣、直爽、无法无天的夫人，相貌不扬并不使人觉得丑陋，做事不拘小节而又让人敬佩她的正义，她身上有许多缺点却又非常可爱，这许多方面集中在她一人身上，使她成为个性极其突出、鲜明的人物。在戏曲传统剧目中，这样的典型人物是很多的，如李逵、武松、张飞、孙悟空等。这些人物不仅是"这一个"，性格特征十分突出，而且很像大红大绿的色彩，格外鲜艳强烈。如何达到这样的艺术效果？一方面剧作者准确地把握住人物在性格方面独具的特征；另一方面，就是熟练地运用了强化人物性格特征的艺术方法。前者是熟悉生活问题，后者是技巧问题，这里只论述后者。

强化人物的性格特征，就是在"强化"上做文章。怎样强化，也有两种方法。第一，反复渲染，使性格特征突出强烈。这是最基本的方法，传统剧目中经常运用。比如《乔老爷奇遇》，作者对乔溪耿直、倔强、滑稽而又蔑视权贵的性格特征，进行了数度渲染，艺术效果极好。该剧第二场"庙遇"，乔溪到观音寺游玩，遭到了丫环秋菊的阻拦。

秋　菊　转来，转来，我们天官府小姐在此降香，闲杂人等一概回避，你怎么敢闯进来！

乔　溪　这才奇怪！名胜古刹，并非你那天官府的花园，你来得，我为什么来不得？

这是对乔溪性格的初步剖露。第三场"闯马"，乔溪被篮木斯的快马撞翻，二人争执起来。

乔　溪　你真真岂有此理！你还不快去请个郎中来把爷的腿——医好，恕你无罪。

篮木斯　恕我无罪？你可知道我是什么人？

乔　溪　你是什么东西？

篮木斯　我堂堂天官之子篮木斯！

众　人　（对乔溪，凶狠地）瞎了你的狗眼！

乔　溪　管你烂布丝，萝卜丝，青椒肉丝，总之你把老爷撞着了。

篮木斯　还不叩头谢罪！

乔　溪　谢罪息不了事！要把老爷的腿医好！

篮木斯　给你医腿呀？真是个不知死活的蠢物！（叫人）过来！把

这个人赶快与我捆绑送官。

乔　溪　正好，老爷正要与你见官，那就走！

这一场，乔溪面对天官之子而不退却，耿直、滑稽、不畏权贵的性格特征，得到进一步的解剖。第五场"吃饼"，对这一性格特征，再一次进行了渲染。

乔　溪　哎呀！才是这么一回事嘞！（出轿，唱一字）

静悄悄在轿内暗暗偷听，

篮木斯和篮心会说出真情。

黄小姐为避他离京逃奔，

这狗才他仗势跟踪追寻！

我还须离却这是非之境，

趁众人睡融融正好抽身。（步过场）

哎呀！我走不得呀！我若一走，狗才发觉轿内无人，定要返身回去追抢。此时天色未明，想黄家母女一定尚未起程，岂不又要遭害呀！嗯，我走不得！

他思考了一番，毅然下了决心："不怕他似虎狼如何凶狠，乔老爷定要打这个抱不平！"经过这样三次渲染，乔溪的性格特征已经强化到相当的程度。然而，剧作者犹觉不足，第七场"奇遇"，戏已经进入尾声，对乔溪的性格又做了最后一次描绘。夜阑人静，篮秀英识破了乔溪的机关，正在此时，篮木斯突然到来。篮秀英不知所措。乔溪表示了坚决的态度，"你哥哥来了，我倒不怕他"，"我去与他评理"！重现了他那耿直、无畏的个性。篮秀英把哥哥搪塞过去，准备放乔溪脱身，但又怕他难逃虎口，犹豫不决。这时，剧作家重复了乔溪的耿直性格——

乔　溪　小姐真有放我之意，学生感德无涯矣！

篮秀英　（唱）被捉住一定受欺凌。

乔　溪　哎呀，小姐！学生今日冒闯香闺，已属罪过深重，倘留连过久，恐日后传扬于外，有碍小姐名声，望速放我出去，纵然你哥哥为难于我，我愿一身承担，也不肯有碍小姐芳名。

这样，经过一而再，再而三地渲染，人物的性格特征一步一步地强化，显得格外突出。

　　第二，在反复渲染的基础上，进行极度的夸张。夸张是文学艺术创作中普遍运用的一种表现手法，戏曲的特殊之处在于往往夸张得过火，甚至超越了生活的真实，达到了极度的境地。在人物性格描写方面，这个特点表现得尤为突出。京剧《群英会》对诸葛亮性格的描写，就是一个很好的例证。这出戏的人物塑造，主要是通过斗智来完成的。曹操的智慧高过蒋干，周瑜又高过曹操，也高过鲁肃，而诸葛亮的智慧比周瑜高，比其他人更高。为了突出诸葛亮的智慧超群，剧本对这点同样进行了多次渲染和极度的夸张。第一次周郎欲置诸葛亮于死地，命其断绝曹操的粮道，企图借刀杀人。诸葛亮一下子就识破了周瑜的计谋，也施用了一计，针对周瑜年轻好胜的缺点，说他只识水战，不习陆战，故意贬低他的才干。这一着果然刺痛了周瑜，马上追回原令，诸葛亮取得第一回合的胜利，说明他的智慧高过周瑜。第二次，周瑜用借刀计杀了蔡瑁、张允，本以为瞒过了诸葛亮，故意试探一下，岂料诸葛亮未卜先知！

诸葛亮 恭喜都督，贺喜都督。

周　瑜 喜从何来？

鲁　肃 是呀，喜从何来？

诸葛亮 那曹操果中都督借刀之计，杀了蔡瑁、张允，水军一破，岂不是一喜呀？

诸葛亮如此惊人的智慧，完全出乎周瑜的意料，显然是一种极大的夸张。第三次，周瑜杀害诸葛亮之心未死，复令诸葛亮监造十万狼牙箭，同时又"吩咐工匠木料一概不准奏手"，使其不能如期完成，以便定"贻误军机"的罪名杀之。诸葛亮又识破了周瑜的用意，自讨了三天的期限，一日不慌，二日不忙，第三日驾舟到了曹营，居然借到狼牙箭十万余支。诸葛亮又胜利了，他的超群智慧再次得到展现。第四次，周瑜和黄盖定了苦肉计，诈降曹操。一日周瑜借故严刑拷打黄盖，满营将士均被瞒过，俱都苦苦求情，唯独诸葛亮看穿了事情的真相，旁若无事，饮酒自若，没说一句讲情的话。事后鲁肃严厉斥责，他解释说，这是一计，"一个愿打，一个愿挨"，与我什么相干。看，他的智慧比谁都高，任何人休想暗算他，任何事休想瞒过他，经过这样极度的夸张，他被写成智慧的化身，活着的神仙。第五次，与曹操对垒，"万事齐备，只欠东风"，而诸葛亮竟然知天文、晓地理，神仙般地借来了东风，夸张的程度超越了生活真实的极限。第六次，诸葛亮来东吴之前，就事先命赵云甲子日到江边接他，也是未卜先知。借来东风，他预料周瑜必然加害，悄悄离开祭坛，当奉命杀他的丁奉、徐盛追到江边时，早有赵云接应，安全返回夏口。《群英会》对诸葛亮智慧超群的极度夸张，已经神化，许多地方是不真实的，然而，观众并不追究这些，相反，倒从诸葛亮身上吸取了智慧，取得了力量，完全被这个人物所吸引。从这里可以看出，极度夸张在戏曲中具有极大的表现力。

极度夸张是性格描写行之有效的艺术方法，经常运用在喜剧人物和理想人物的塑造上。这里谈几句理想人物的塑造。所谓理想人物，就是这些人物在某种程度上代表了民众的理想或愿望，在他们身上，集中了我们民族美德的某一方面。在戏曲中，这些人物往往塑造得高大完美，用我们现在的话来形容，叫做"没缺点了"——即使有缺点，也是可爱的缺点。在传统戏曲剧目中，有一批这样的人物，如包拯、诸葛亮、佘太君、鲁智深等。剧作者对这些人物的塑造，往往只突出他们的某种美德，很少写他们的内心矛盾。按理说，这样的人物形象比较干瘪，血肉不丰满，是概念的。但是，戏曲中的理想人物，大都描绘得形象鲜明、突出，绘声绘色，有的光彩夺目，深得观众的喜爱。内中原因，除了人物思想上和观众相通之外，从人物塑造技巧上讲，极度夸张手段的运用，起了决定性的作用。关于这一点，从《群英会》对诸葛亮的分析可以看个大概，不再论述。

戏剧作品中的人物性格有两种类型，一种是显露型，一种是发展型。显露型特点是，当剧情展开之后，人物的性格特征就迅速展现出来，让观众一目了然。戏曲中的人物性格描写，显露型居多。这是因为戏曲要取得"传神"的艺术效果，就必须强化人物性格特征。强化人物性格特征需要有个前提，这个前提就是剧情展开就迅速把人物性格显露出来，只有显露出来，才能一次又一次强化，《乔老爷奇遇》是这样，

《群英会》也是这样。这一点和话剧有所不同。话剧中的人物性格特征，一般在戏剧冲突到达高潮时才能完成，有的剧本甚至在高潮过后、剧本结束时才能最后完成，即所谓发展型的人物性格。需要说明，人物性格描写，戏曲是显露型的，话剧是发展型的，只是一般情况，不是绝对的，而且更没有优劣之分，艺术特征使然罢了。

五、细腻的心理描写

在现实生活中，因为受外界事物的刺激，人们在心理上会产生许许多多的活动，比如拥护和反对，坚定和动摇，爱与恨，喜与悲，哀与乐等。这种心理活动是隐藏在心灵深处的东西，最能体现人物的精神面貌，故而戏曲极为重视这方面的描写。同时，唱念舞相结合的特殊的艺术形式，虚实相生的创作原则，这些天赋的条件，也使戏曲艺术最善于这方面的描写。因此，在戏曲的人物塑造中，心理描写就成为经常运用的艺术手段，起着重要的作用。

首先，通过心理描写，可以揭开人物的内心奥秘，展现人物精神世界，使形象血肉丰满，逼真可信。从京剧《打渔杀家》对萧恩形象的塑造上，可以看出这种方法的艺术力量。该剧第二场，李俊、倪荣访问萧恩，三人正在船上饮酒，葛先生鬼头鬼脑，在岸上偷觑桂英。对此，萧恩看在眼里，忍在心头。

李　俊　做甚么的？

萧　恩　问路的。

倪　荣　哪里是问路的，分明是觑……

李　俊　嗯，谅他也不敢。

萧　恩　谅他也不敢。

接下来，丁郎催讨渔税银子。这个恶徒狐假虎威，仗势欺人，可恼，可恨！李俊、倪荣要给他点厉害，萧恩再三劝阻，"不要与他置气"，"放他走吧"，"不要出事啊"。

李　俊
倪　荣　萧兄为何这等懦弱？

萧　恩　他们的人多。

李　俊
倪　荣　你我弟兄人也不少。

萧　恩　他们的势力大呀！

李　俊
倪　荣　欺压你我弟兄不成？

萧　恩　这就难讲话了。

这些描写，精彩简练，真实地写出了萧恩当时的心理活动。丁府是一方渔霸，勾结县衙，权大势大，萧恩孤身势单，无力与之对抗，也不想与之对抗，就采取了这种忍让、克制的态度。这些描写，形象、逼真地再现了他那息事宁人，苟且求生的精神状态。而萧恩的忍让，并没有换来一丝的平静，一层一层的暴力向他袭来，"官逼民反"，最终走向了反抗的道路。假如《打渔杀家》没有这样的心理描写，或者写得没有力量，萧恩形象的丰满程度及其真实性、鲜明性，都要受到很大的损害，起码不会像现在这样的丰满。

其次，揭示人物感情，建立在心理描写的基础上。科学实验证明，人们思想感情的产生，是一个相当复杂的过程。在戏曲创作中，人物感情的揭示，总是和心理描写纠葛在一起。没有正确深刻的心理分析，也就没有人物感情的充分揭示。在传统剧目中，这方面的例子很多，川剧《周仁献嫂》是比较突出的一个。这是一出独角戏，登场人物只有周仁一个。情节是严颜要强占周仁义兄杜文学之妻为妾，他若成全此事，可以得官受偿；倘若不允，必然祸及其身。慑于严颜的淫威，他只好勉强答应，"出得府来，才把人难坏了！"要不要献出嫂嫂，在他思想上产生了激烈的斗争。一出严府，他愤然取下头上纱帽，想一脚踏碎，但又不敢踏碎。

（唱《哀子》）

　　哎呀呀！我！我！我踏也不敢踏。

（转唱《二流》）

　　他不该将嫂嫂献与严颜，

　　在严府不答应必遭危难，

　　出府来倒叫我左右为难。

一转念，他想到这是嫂嫂自取其祸，由她去罢。

　　胡氏呀！嫂嫂！你一个妇人女子，烧得什么香！赶的什么会！如今惹下祸来，你真是灯蛾扑火，自烧其身，与我周仁何干？不如回家，对我妻言明此事，将嫂嫂梳妆打扮，送进严府。我……我官也有了！祸也无了！走！回家献嫂去。

（唱）哎呀呀呀，我献不得呀！

我本待把嫂嫂严府进献，

杜仁兄归来时我又出何言？

哎呀！献不得呀！献不得！

又一转念，他想到逃走。

不免回得家去，对吾妻与嫂嫂言明此事，将她二人，改扮男装，今夜悄悄地逃走。不错，三十六计，走为上策，走！

（唱《哀子》转《二流》）

哎呀呀！我才走不得！

这时，他想起了家仇，严嵩陷害其父逼得他夫妻头插草标，自卖自身，多亏杜文学相助才渡过难关，并结为仁义弟兄。他不能忘掉杜文学的恩义，顿时想起让妻子代替嫂嫂，这样"情也有了，义也有了"。但再一转念，又想起"只是我妻性情刚烈，不辱于人下，若过严府，必然与贼一死相拼"。

（唱《哀子》转《二流》）

哎呀！我周仁才是害人的鬼！

杜仁兄仗大义永共患难，

我周仁愿舍妻把义来全。

严颜贼好比一无情宝剑，

斩断了夫妻的结发情缘！

这些心理活动，揭示出周仁的复杂感情。他对严颜的惧怕和仇恨，对杜文学的情义和决不忘恩负义的信念，以妻子以死相拼，结发夫妇将生生拆散的悲痛，这许多感情集中在一起，交织在一起，深刻地展现了人物的内心世界。而这种复杂感情的揭示，正是建筑在心理描写的基础上，没有深入细腻的心理分析和心理描写，就不可能揭示出如此复杂的感情。

再次，通过心理描写，某种程度上弥补了性格单薄的缺点。戏剧，包括戏曲在内，由于艺术形式的局限，人物性格往往比较单薄，一般说来远不及优秀小说那样丰满。这是戏剧艺术难以克服的弱点。戏曲艺术通过心理描写，充分发挥自己在这方面的优势，一定程度上弥补了这种不足。这个特点，在元杂剧中已经表现出来。如康进之的《李逵负荆》，塑造了一个嫉恶如仇、不徇私情的鲁莽汉子，个性鲜明、突出，缺点是李逵形象比较单薄。但第三折下山对质，逼真地写出了李逵的心理活动，为这个形象增加了光彩，弥补了这方面的某些不足。这出戏由正末扮演李逵。

〔正末云〕老王，你认去，可正是他么？〔王林做认科云〕不是他。不是他。〔宋江云〕可如何？〔正末云〕哥也，你等他好认咱，怎么先睁着眼吓他。这一吓他还敢认你那！兀的老王，只为你那女孩儿，俺弟兄两个睹着头哩。老王，兀那不是你那女婿，拐了满堂娇该儿的宋江。〔王林做再认摇头科云〕不是，不是。〔宋江云〕可何如！〔正末唱〕

〔幺篇〕你则合低头就坐来，谁着你睁眼先去瞧！则你个宋公明威势怎生豪，刚一瞅，早将他魂灵吓掉了。这便是你替天行道，则俺那无情板斧肯担饶！

〔云〕老王你来，兀那秃厮，便是做媒的鲁智深，你再去认咱。〔鲁智深〕你快认来。〔王林做再认科云〕不是，不是……〔鲁智深〕山儿，我可是哩？〔正末云〕你这秃厮，由他自认，你先么喝一声怎么！

经过对质，两人都不是，宋江要回山寨。

〔宋江云〕既然认的不是，智深兄弟，我们先回山去，等铁牛自来支对。〔正末云〕老王，我的儿，你再认去！〔王林云〕哥，我说不是他，就不是他了，教我再认怎的？〔正末做打王林科〕。

这个片断，字数不多，人物却写得很活，李逵的心理活动跃然纸上。这次对质，关系重大，只要王林说声是，他一板斧将结果宋江的性命；说声不是，他就要输掉项上黑头。他是多么希望王林说个是字。认过宋江、鲁智深，两人都不是，他火了，急了："老王，我的儿，你再认去！"他希望为民除害，更怕输掉自己的人头，心理活动解剖得真切，简略几笔，犹如给一个干瘪的长子增添一些血肉，使其体型变得匀称、丰润，无疑是非常重要的。

戏曲的心理描写有什么要求？如果说揭示人物感情必须充分，人物性格特征应当强化，心理描写则以细腻见长，《打渔杀家》、《周仁献嫂》、《李逵负荆》无不如此。通过细腻的心理描写，详尽地写出规定情境下的人物心理变化，从而揭开人物心灵深处的奥秘，乃是戏曲塑造人物的又一重要艺术手段。

充分揭示人物感情、强化人物性格特征、细腻的心理描写，是戏曲揭示人物精神面貌的三根支柱。三者有区别，在具体作品中的运用，也可能有所侧重，但三者并不是互相排斥，互相对立，而是互相渗透，互相补充的整体。这三者是戏曲塑造人物的主要技巧，而这种技巧的真正掌握，与剧本的结构有直接关系，这一点，以后再作补充。

第三章　戏剧冲突

目前，理论界对"戏剧冲突"一词内涵的解释并不一致，影响较大的意见有三种，即意识冲突，性格冲突和行动冲突。三种意见各执一说，也各有根据，这里不准备对其得失利弊做出评价，只想提出个人对这个问题的粗浅看法。戏剧冲突实质上就是生活的矛盾。矛盾是普遍存在的，社会生活中充满了矛盾。剧作家把社会生活中的矛盾经过选择、集中和加工，真实地体现在戏剧作品中就是戏剧冲突。有人把戏剧冲突叫做戏剧矛盾，两个概念相提并论，视为同义语，看来是有道理的。正确理解戏剧冲突一词的涵义是必要的、有益的，但我们讨论问题不应从概念出发，而应当从戏剧创作的实际情况出发，着重研究这一理论对戏曲创作的影响。

戏剧冲突理论，源于欧洲话剧。介绍到我国之后，被原封不动地引进了戏曲领域，并得到了一些人的认可。现在，这一理论已经成为戏曲界进行剧本创作和研究的重要指导思想。多少年来，一些戏曲作家根据这个理论来设计人物，布局情节和表现主题的。许多剧作家在进行创作时往往酝酿成一个主题，根据主题的需要来设计几个对立面人物，构成戏剧冲突。对立面人物经过几个回合的斗争，矛盾得到解决，剧本就此结束。在这里，戏剧冲突不仅是表现主题最重要的手段，而且是构成剧本基本情节的基础。这似乎成为一个套子，成为戏剧创作的不可更改的规律。所以有人说"戏剧冲突是情节的基础和动力，是一出戏的灵魂"（马琦《编剧概论》）而一些戏剧理论家则把戏剧冲突看成是戏剧的根本特征，在评论戏剧创作或演出时，总是喋喋不休地大谈戏剧冲突如何如何，甚至评论戏剧谁不应用这个冲突的理论谁就被视为戏剧的外行。戏剧冲突的理论在我国已独霸剧坛。其实这个理论在它的发源地——欧洲，也没能一统天下，英国著名戏剧理论家威廉·阿契尔在他的《剧作法》中就不赞成这种理论。我认为在戏剧创作中这个理论有不可忽视的积极作用，但我也认为把这种理论教条主义地搬用到戏曲中来是不恰当的，有害的。就戏曲创作而言，多少年来公式化概念化作品一直没能彻底根除，许多新创作的戏曲剧本失去了戏曲的特点，不能不说这一理论是造成这种不良倾向的重要因素。戏曲艺术有其独具的特征，戏剧冲突在戏曲中的作用、表现形式、所占的地位及其重要意义，都和话剧不尽相同。我们应当研究它的特殊性，这样对戏曲创作才会有所促进。本章拟对这些问题谈些看法。

一、冲突的普遍性

冲突并不是什么神秘的东西，许多文艺作品都是有冲突的。戏曲有冲突，在浩如烟海的戏曲作品中，没有冲突的戏是极个别的，讨论戏曲有没有冲突是没有实际价值的。无需多言，话剧、歌剧，舞剧更有冲突。然而，冲突并不是戏剧所独具的特征，其他文艺作品，如小说、叙事诗，有故事情节的说唱文学，故事影片等式样，同样也是有冲突的。试想，小说《三国演义》、《红楼梦》、《太阳照在桑干河上》、《青春之歌》，叙事诗《孔雀东南飞》、《王贵与李香香》，说唱文学《诸宫调西厢记》、《珍珠塔》，故事影片《马路天使》、《末代皇帝》等，哪一部作品没有冲突？哪一部作品没有斗争？因此，那种认为只有戏剧才有冲突的观点，是不符合事实的。那么，为什么单单有"戏剧冲突"，而没有"小说冲突""叙事诗冲突"，或者别的什么冲突呢？

"戏剧冲突"一词，是欧洲戏剧理论家们根据话剧的规律总结出来的一种理论，这个理论用于话剧无疑是正确的。众所周知，在所有的文学式样中，话剧是最难驾驭的一种。它只能用对话的形式，只能用第一人称的描写，而不能用第三人称的叙述，因此，艺术形式上受到的限制最严格。高尔基说："戏剧要求人物用语言和行动表现出自己的特征，而不用作者的提示。"由于形式上的严格限制，逼使剧作家在创作过程中，必须捕捉生活中的矛盾，组成尖锐而复杂的戏剧冲突，来完成人物形象的塑造。冲突在话剧中的特殊地位，不在于话剧必须有冲突，而在于话剧必须在冲突中完成人物塑造和情节布局。这种特殊作用，才是"戏剧冲突"一词的实质。小说、叙事诗形式灵活自由，可用第一人称来描写，亦可用第三人称来叙述，虽有冲突但不起特殊的作用，因此没有必要杜撰一个"小说冲突"之类的名字。由此看来，戏剧冲突所以极为重要，乃是话剧的特殊艺术形式的特殊需要。

戏曲虽然也是戏，也是戏剧中一个类别，但与话剧比较，有不同的艺术形式，不同的风格，不同的审美观和不同的戏剧观，艺术上有质的差别。戏曲艺术的基本特征，是根据虚实结合的原则，通过唱念舞而传神。它较少受时空的限制，以传神虚拟的动作，细腻夸张的方法，丰富多彩的表现手段，唱念舞高度的综合统一，为其基本艺术特色。戏曲总离不开唱，唱在戏曲中有非凡的作用，它可以直抒胸臆，叙述情节，描写景物，在许多情况下，还可以介绍人物和事件，类似第三人称的叙述。戏曲的这些特点，使它较少受艺术形式的限制，能够敷衍各种各样的故事，扮演各式各样的人物，比话剧灵活得多，自由得多。这和只用第一人称的话剧相比有很大的不同。比如元代大戏剧家关汉卿的《窦娥冤》第二折，窦娥在公堂上受刑时有一支著名的曲子，唱词是：

> 呀！是谁人唱叫扬疾，不由我不魄散魂飞。恰消停，才苏醒，又昏迷。捱千般打拷，万种凌逼，一杖下，一道血，一层皮。

这支曲子中的"恰消停，才苏醒，又昏迷"，"一杖下，一道血，一层皮"诸语，显然具有第三人称叙事的性质。而且，戏曲通过唱念舞等艺术手段，可以描绘剧中人物在各种状态下的思想感情，静止的、动态的、内心的、声张的，都能细致地表现出来。戏曲这种灵活的艺术形式，如此巨大的表现能力，有点接近小说，尤其是接近说唱文学，和话剧相距较远。戏曲与话剧在艺术上差别，决定了戏剧冲突在两者中的表现特点必然有较大的不同。

二、揭示人物感情性格的基础

抒情是戏曲的重要特点。唱本身就是抒情，唱腔和唱技的优劣，就在于揭示人物感情的深刻性和真实性。以文学剧本而言，诗、词、曲（唱词）是构成戏曲文学的主体，皆为韵文，也带有浓烈的抒情性质。历史经验证明，撰写戏曲剧本，写好了揭示人物感情的场面，就能达到理想的艺术境界。因为这个原因，戏曲塑造人物，戏剧冲突主要作为揭示人物感情性格的基础，也就是说，是剧中人物感情性格和心理活动产生的原因和背景。以越剧《梁山伯与祝英台》为例，戏剧冲突是祝英台和祝公远的矛盾，剧中揭示梁、祝感情的主要场景，如"十八相送"、"访祝下山"、"楼台会"、"英台哭灵"等，都是在这个冲突基础上产生的。越剧《碧玉簪》"三盖衣"那场，李秀英和王玉林的冲突，也只是个由头，大量篇幅用来描写李秀英的思想矛盾。昆曲《十五贯》，歌颂清正官吏况钟，"判斩"一场是揭示这个人物思想感情的重点场子，要不要为民请命，在他思想上产生了激烈的斗争。构成这场戏的基础，是过于执主观主义的错判了案子，而官僚主义者周忱等人，又糊里糊涂批准了这桩错案，这为况钟思想感情上产生矛盾，创造了一个特定环境。况钟和过于执、周忱的斗争，是这出戏的基本冲突，但作者并没有抓住这个冲突深入描写，却不惜笔墨去描写况钟思想上的斗争，不消说，这样写是符合戏曲抒情性质的。我国戏曲，一个大型剧本，总是有一场或几场重点戏，多数是抒情的，起着揭示人物的思想感情的作用。

还有许多折子戏，剧中没有对立面人物，剧中人物的内心世界，全靠抒情来揭示。这类戏同样能证实上面的观点。昆曲《夜奔》，着墨点写林冲在梁山路上的复杂感情。他在山神庙杀死陆谦，为逃避官兵追捕，带了柴进荐书，密投梁山。他投靠梁山，不是出于自愿，思想上极其矛盾，"专心投梁山，回首望天朝，急去忙逃，顾不得忠和孝"。他难以忘却昔日的荣华，留恋着往日的富贵，希望有朝一日重返朝廷。在夜行路上，他还想起白发的老母，年轻的娇妻，心里非常悲痛。而行路的艰辛，逃避官兵追捕的恐惧，听到猛虎啸吟，吓得"魂飘胆消"，大有英雄落魄，豪杰志短之慨。这出戏有两个登场人物，护法神只出了出场，实际上是林冲一个人的独角戏。整出戏没有一句对话，林冲的悲痛、辛酸、凄苦和愤恨，全由独唱、独念、独舞来体现。再如艺术价值甚高的《思凡》，剧中只有一个小尼姑，谈不上对立面人物的斗争，而戏却写得深刻动人，尼姑形象惟妙惟肖。大幕拉开，小尼姑唱着上场，"小尼姑年长二八，正青春被师傅削去头发"，立即接触到她那痛苦的心灵。她厌倦黄卷青灯的孤独岁月，向往人间夫妻生活的美满，希望和一个小伙子结成伴侣，最后毅然下定决心，脱了袈裟，竟自逃下山去。这剧作对尼姑形象的塑造，对她内心感情的剖析，当然不是通过人物之间的斗争，唯一的表现手段就是戏曲固有的唱念和舞蹈。当代表演艺术大师梅兰芳的名剧《贵妃醉酒》，也没有对立面人物，虽有高力士，裴力士和众宫女，但俱为陪宾，没有形成对立。杨贵妃由喜变忧，她的烦闷、苦恼、忧虑，都不是通过对立面人物的斗争表现的。这类作品还有很多，昆曲《游园惊梦》、《拾画叫画》、《哭像》、《痴梦》、《醉打山门》、高腔《昭君出塞》、京剧《李陵碑》、《文昭关》、《苏三起解》、河北梆子《三上桥》、《走雪山》、豫剧《拴娃娃》、扬剧《鸿雁传书》、苏剧《窦公送子》等，都是没有对立面的抒情小戏。但是，必须指出，说这些戏没有对立面的人物，并不十分确切。这些剧作多数是大戏当中的一折，事实上仍有对立面人物，只是在这一折没有登场。《夜奔》中提到的高俅，就是林冲的对立面。是他对林冲的陷害，逼得林冲走投无路，才去投奔梁山。《思凡》也有对立面人物，那个削头发的师傅，就是小尼姑的对立面。《贵妃醉酒》中的对立面人物是没有出场的唐明皇。杨玉环与他约定百花亭饮宴，心情十分喜悦、骄傲、自恃，而唐明皇驾转西宫，意味着重与梅妃和好。这个重大的意外事件，在她内心深处激起了巨大的波澜，她有失宠的危险，忧心忡忡，那烦恼、苦闷的情绪，油然而生。以上这些折子戏也同样告诉我们，戏曲塑造人物常常把戏剧冲突当作引起剧中人物思想感情变化的原因，产生喜怒哀乐的根由，揭示人物感情的基础，与话剧不甚相同。

戏剧冲突是揭示人物感情的基础，这个事实对我们从事戏曲创作很有现实意义。这是因为它深刻地说明人物感情的产生是建立在戏剧冲突基础上的，没有冲突就不可能产生人物的真情实感。这就是说，只有很好地组织起戏剧冲突，才能把人物感情真正揭示出来。而且戏曲揭示人感情的重要特点是不揭则罢，一揭就要揭深揭透，揭得淋漓尽致。这样的艺术特点，更需要有坚实戏剧冲突作为基础。我们许许多多的戏曲剧目，人物感情所以揭示得深刻感人，就是因为戏剧冲突组织得成功。柳子戏《孙安动本》"舆梓上殿"一场，戏剧冲突这个基础组织得坚实，孙安感情揭示得深刻。孙安奉调回京，连参张从三本，均被万历驳回，"再若上殿，定斩不赦"。要保命还是要上本，这一残酷的现实，严肃地摆在孙安面前。孙安要为民请命，于是缚妻绑子，自带法绳，买了三口棺材，决心要上本把百姓的疾苦面奏皇上。作者揭示孙安的感情，在这里连续用了几个细节，每个细节都触动孙安的心灵。孙安"提笔再写一道本"，妻子黄氏急忙劝阻说："事需三思要周全。既然万岁昏无道，况有豺狼把路拦。就算你是顶天柱，难理朝纲塌半边。咱不做官回家转，情愿受苦种庄田。"黄氏的话打动了孙安，但并没有动摇他上本的决心。黄氏进一步劝说："你我夫妻虽死无怨，只是孙英也被斩市曹，岂不断送孙氏香烟！"孙安听了为之一动，说出："怀抱着小姣儿心如刀剜，罢罢罢，为儿女不如走了吧……不能啊，不能！奸未除仇未报怎能心安。"他痛苦地说："儿啊、你未吃皇王俸禄，却吃皇王一刀，莫怨为父心狠，要恼你恼那张从！"黄氏进而指出："俺母子随老爷一同尽忠，死而无怨，可怜咱那年迈的母亲，白发苍苍，千里关山，想子不到，盼孙不见，若得一讯，定是死去活来。你要再思再想，我的老爷呀……"这话更触动了孙安的痛处，感情进一步激化。孙安："哎呀，（唱赞子）一席话说得我心慌意乱，望原郡年迈母珠泪不干。"但他经过一番思想斗争，仍然决心再参张从。他悲切地说道："娘啊，恕儿不能侍奉了。"黄氏的三次劝说，每次都打动了孙安的心，内心充满了痛苦和悲愤，但他那以死谏君的决心，为民请命的意志，却没有丝毫动摇。在这里，作者很好地运用了戏剧冲突这个基础，通过对人物感情的深刻揭示和悲壮气氛的充分描写，完美地树立了一个忧国忧民、敢同权奸作斗争的古代清正官吏的形象。

在当前的戏曲创作中，许多戏曲作家，正确地运用了戏剧冲突的基础，撰写了一批颇有声色的好戏。但也有一些戏曲作者，没有很好地驾驭这个特点，降低了作品的艺术质量，表现在两个方面。一方面，有的作品虽然写了戏剧冲突，但这种冲突不能真正激起人物感情，剧中人物的唱念舞不是揭示感情，而是发议论，讲道理。"道是有情却无情"，演员在台上唱得声嘶力竭，实际上并无真情实感。有一出叫作《罢宴》的小戏曲，写一位领导人调往某地担任第一把手，那里的干部大摆宴席为他接风。而这位领导故意不去参加宴会，自己在群众食堂吃了便饭。饭后，领导批评了大摆宴席的错误，讲了一通道理。干部们听了深受感动，表示以后改正。这出戏是有冲突的，但这种冲突不能在领导人内心深处激起浪花，他的唱成为无源之水，无本之木，人物形象不可能树立起来。另一方面，有些作品戏剧冲突虽然可以激起人物的真情实感，但作者却没有把人物感情生发开来，只是点到为止，影响了人物形象的塑造。为什么不能"点到为止"，道理在第二章已经讲述，不再重复。

三、以人物内心冲突为主

戏剧冲突的形式，可分为人物之间的冲突和人物内心冲突两种。由于艺术形式的不同，戏曲与话剧表现在戏剧冲突的形式上，也有极大的差别。奥·威·史雷格尔说："戏剧诗本身的形成，也就是不借助叙述，单单用对话来表现行动，含着非有剧场为辅助不可的意思"。（见《戏剧性与其他》）话剧单单用对话来表现行动的特点，决定了戏剧冲突的体现，主要用对话的方式，以人物之间的冲突为主。话剧也有一些以独白的形式表现人物内心冲突的实例，如《大雷雨》卡特琳要不要把钥匙扔掉的那一段，郭沫若《屈原》中的"橘颂"等，但这样的作品在话剧中毕竟是不多的。戏曲则不然，戏剧冲突的表现，以人物内心冲突为主，《夜奔》中的林冲，《思凡》的小尼姑，他们的唱念舞就属于这个范畴。再如扬剧传统剧目《鸿雁传书》，写王宝钏的心理活动细致入微，体现了人物的内心冲突。薛平贵西凉投军十余年未归，王宝钏独守寒窑。一日在武冢坡前挑菜，思念起丈夫，偶有一鸿雁落在地上，她撕下罗裙，咬破手指，写了封血书，托鸿雁带给平贵。书信写完后，系在鸿雁的什么部位，在她思想上引起了矛盾。

王宝钏　有了，将血书就在她颈项上扣紧。（思考）唉！不好！

（唱）

　　　　扣在她项颈上也不放心，

　　　　若是她口干舌燥河边把水饮，

　　　　打湿了血书字儿看不清，（思考）

哦，有了！我不免在她翅膀上来扣稳。（思考）不好呀！

（唱）

　　她双翅要用劲，

　　一边重一边轻难以飞行。

　　我这里将血书在她腿上来系定，（思考）

唉，还是不好，（唱）

　　怕的是鸿雁要歇息在树林，

　　血书在枝上来绕紧，

　　岂不是扯得碎粉粉！

　　倘若是把鸿雁树上来缠定，

　　岂不是为我害她受虚惊，（焦急不安，忽有所触）有了，有了！

　　把书信系在她背脊心，

　　她安安稳稳好飞腾。（将信扣好）

鸿雁呀鸿雁！我夫妻重圆就全仗你了，（雁叫欲飞）啊！你且慢走，
我还要嘱咐你几句呀！

（唱滚板）

　　鸿雁你要一路多留神，

　　上防鹰雕下防人。

　　你若是歇息在树林，

　　谨防鹰雕把你吞；

　　你若是吃食把水饮，

　　要看一看四下有人没有人；

　　飞高谨防罡风紧，

　　飞低谨防弹弓伤你身，

不高不低隐入云，

但愿你早到西凉城。

这个片断，对王宝钏深刻的感情揭示和细腻的心理描写，都是人物内心冲突的生动体现。如果说《鸿雁传书》等戏都是折子戏，而且是独角戏，还不足以说明戏曲的戏剧冲突，应以表现人物的内心冲突为主，而许多大戏却能充分证实这个特点。一般说来，一出大戏的戏剧冲突，优秀剧作中，单纯写人物之间冲突的可以说是不存在的，而且许多传统剧目中最成功的场子，虽然不是一个人的独角戏，但就其实质来看仍然是表现人物内心冲突的，我们多次谈到过的《十五贯》，虽然写了况钟和周忱、过于执、娄阿鼠这些人物之间的冲突，但最出色的一场戏"判斩"，就不是写人物之间的冲突，其着眼点是突出况钟要不要为民请命的思想斗争，也就是人物内在冲突。前面分析过的《孙安动本》"舆梓上殿"一场，是这出戏的重点场子，没有这场戏，这个剧本就算不上优秀剧作。而这场戏不是写孙安与张从之间的冲突，这里虽然写了孙安与黄氏的冲突，但却是极次要的，黄氏对孙安再参张从的劝解和拦阻，只能引起孙安思想上更强烈的斗争，作者的用意仍然是写孙安的内心矛盾。再如《春草闯堂》第三场，即胡知府跟着春草去宰相府的那一场。这场戏正面写了春草和胡知府的冲突，但这个冲突也是非常次要的。春草在路上拖延时间，不肯前进，那是因为在公堂上冒认了姑爷，闯了祸。胡知府偏偏要和她对质，她知道要相府千金承认非亲非故的人是自己的丈夫，那是很困难的，甚至是不可能的。这在她思想上引起了矛盾，引起了复杂的心理活动。作者正是抓住了这种心理活动，也就是人物内心的冲突，并且进行了细致的描写，才成功地塑造了春草这个艺术形象，写出一场脍炙人口的好戏。这里举的例子，都是现在仍上演的剧本，实际上以写人物内在冲突为主是戏曲的传统。我国优秀的古典剧作，一般说来也是如此。元代大戏剧家关汉卿的《窦娥冤》第三折，窦娥指天骂地诅咒官府，临刑前又发下三桩誓愿，这些描写都是写人物的内心冲突。明朝中叶王世贞的《鸣凤记》，剧中有一出最负盛名的戏叫做"修本"，写杨继盛深夜修本，弹劾奸贼严嵩，也是写人物内心冲突。汤显祖的《牡丹亭》"惊梦"、"寻梦"、"描容"、"叫画"等最著名的几出戏，都是揭示人物感情和心理活动的，就是说也是写人物内心冲突的，清初洪昇的《长生殿》，至今流传在舞台上的"哭像"，可以说是一出描写人物内心冲突的典型。无需多举，这些古今优秀戏曲剧本足以说明，人物内心冲突在戏曲创作中具有突出的地位和重要的意义。

戏曲、话剧都要写人物内心冲突，但戏曲的分量重得多，而且表现内心冲突的形式也不相同。话剧主要通过对话，戏曲以自我表白的形式为主。何谓自我表白？所谓自我表白，就是剧中人物以唱念舞为手段，通过叙事、状物、咏景，来表现人物自身的思想感情、内心活动等。

自我表白是戏曲独有的现象，是戏曲表现戏剧冲突的特殊形式。这里以《拾玉镯》为例，做一些简略分析。此剧开场可分为五个大的段落。第一段，锣鼓响处孙玉姣上场，自报家门，养鸡、做针线，都属自我表白。第二段傅鹏上场唱"南梆子"："闲无事打从这孙家门过，无意间遇村女貌似嫦娥。"他看上了孙玉姣，想去接近，患无借口，略加思考，借故与孙玉姣攀谈。这段戏也是自我表白。接下来是第三段，傅鹏与孙玉姣谈话，有少量对白。第四段写孙玉姣拾镯时的内心矛盾，是一大段做功戏。她开门走出，发现了玉镯，断定是傅鹏留给她的。她想拾起来，觉得不妥，忙跑回家去，关上门。可是她无法抑制感情上的冲动，又开门走出，看看四外无人，故意丢手帕盖住玉镯，下决心拾起。这又是一段自我表白。第五段刘媒婆说媒，这在表现戏剧冲突的方式上，和以对白为主的话剧相比，显然是不相同的两种路子。再如《空城计》，写诸葛亮和司马懿的冲突。按照话剧的表现方式，他们之间的斗争，他们和其他人物之间的斗争，主要通过对话来体现。这出戏当然不是这样，戏剧冲突的构成，以自我表白为主，对话为辅，与话剧刚好相反。戏一开始，诸葛亮首先登场，念"引子"："兵扎祁山地，要擒司马懿。"归座，自我介绍。然后报子上场，报完军情，诸葛亮定下空城计，携琴童登上城墙，等待司马懿。这一大段，中间虽然穿插了同报子、琴童、老军的对话，而诸葛亮的自我表白仍旧是主要内容。而号角响处，司马懿兵临城下，两个对立面人物碰在一起，奇怪的是，他们并没有斗，没有争，相反，他们一个在城楼，一个在城下，竟各自表白起来。诸葛亮首先自我介绍，告诉司马懿，想当年刘先帝曾三下南阳亲自请他，并且未出茅庐，已预料到"汉家的业鼎足三分"，你司马懿想灭亡蜀国，那是不可能的。司马懿听后，心里狐疑，也来了段自我表白，"有本督在马上观动静，城楼上坐的是妖道孔明。左右琴童人两个，打扫街道俱都是老弱残兵。我本当传将令杀进城，又恐怕中了计牢笼……"司马懿疑心太大，一时拿不定主意，诸葛亮趁热打铁，又表白了一番，你司马懿要来西城，我诸葛亮早就知道，而且早在城楼上准备下美酒，打算和你痛饮几杯。司马懿未审虚实，不敢贸然进兵，下令兵退四十里，西城之危遂解。这出戏里，开场后第一句台词，就是诸葛亮的"要擒司马懿"，实际生活中的斗争是十分尖锐的，然而作者并没有让这两个人物真正斗起来，相反，却用了大量篇幅叫他们各自作起自我表白。这样描写，戏剧冲突似乎不那么激烈，也缺乏剑拔弩张的戏剧场面，实际上只有这样才能充分发挥戏曲唱念舞的特点，有利于舞台演出上的二度创造。我们看《空城计》剧本，并不觉得有惊人之笔，而观看舞台演出，两个主要人物的形象却能绘声绘色，真实可信。这是因为剧中的大量自我表白冲淡了人物之间的斗争，因此，只看文学剧本，就觉得冲突不那么激烈、尖锐，人物性格也不怎么鲜明。也正是因为有大量的自我表白，演员可以充分发挥，通过唱念舞，使人物活在舞台上，我们观看演出才能留下深刻的印象。

四、关于高潮

高潮是戏剧冲突理论的精髓，许多戏剧理论家不惜笔墨做过详尽的论述。美国人劳逊在《戏剧与电影的剧作理论与技巧》一书中，提出了"从高潮看统一性"的论点，指出高潮"是决定戏剧性运动能否获得统一的关键点"，深刻地阐明了高潮在话剧创作中的特殊作用和意义。我们看到，许许多多的话剧作品，都是迅速展开戏剧冲突，一浪高过一浪不断向前推进，直至高潮。优秀的话剧作品、高潮时能够产生巨大的艺术效果，强烈地震撼着观众，个别作品能够达到哲理的高度。这是话剧的优点，也是高潮所起的巨大作用。我们也看到，某些话剧作品因为高潮推不上去，导致剧作的失败，这样的例子也不鲜见。总之，高潮在话剧创作中起着特殊的作用，不能等闲视之。

能不能把高潮的理论应用到戏曲创作中来？我认为照搬照套是不可以的，具体问题要具体分析。戏曲有没有高潮？就我国戏曲艺术来说，大量的剧作没有明显的高潮。

《十五贯》的高潮在什么地方？看来很难确定。根据不同的理解，可以定为第四场"判斩"，第五场"见都"或第七场"访鼠"。"判斩"这场冲突最尖锐，把它看成高潮，当然是有说服力的。"见都"是反官僚主义的重场戏，说它是高潮，也未尝不可。根据高潮应在全剧后半部的见解，共八场，把第七场"访鼠"定为高潮也是有道理的。再如晋剧《打金枝》全剧三场，第一场郭暧打了公主，第二场公主进宫告状，第三场唐王加封郭暧。哪一场是高潮？亦难确定。古典名剧《琵琶记》、《牡丹亭》、《长生殿》的高潮在什么地方？京剧《群英会》、豫剧《花打朝》、河北梆子"调寇"高潮在哪儿？恐怕都不易确定。应当承认，即使对一出话剧，高潮在什么地方，往往也会有不同的意见。但这和戏曲不易确定高潮，完全是两码事。有些戏曲作品是有高潮的，如《秦香莲》的"铡美"，《打渔杀家》的"杀家"，《樊江关》的"姑嫂比剑"，分别是这些剧本的高潮，但我们对这些有高潮的剧本也要做些具体分析。以《秦香莲》而论，有的从陈世美别家开始，一般是戏一开场就写秦香莲带着一双儿女去到京城寻夫。在京城得知，陈世美已经做了当朝驸马，决定到御街上拦轿相认。这是介绍，冲突还没有展开。在御街上陈世美不肯相认，是戏到冲突的开端，给陈世美上寿一场，秦香莲借唱曲的机会诉说公婆和自己的悲惨遭遇，想打动陈世美的心，陈竟不回心转意，这是冲突的发展。韩琪杀庙是冲突进一步的激化。秦香莲南衙告状，包拯规劝不成，怒铡陈世美，冲突达到高潮。高潮之后剧本煞然而止。这种组织戏剧冲突倒真有点接近话剧，但接近并不等于相同，差别依然很大，突出的有两点差别。第一，在话剧里高潮统摄全局，全部冲突都是围绕着高潮组织起来的。第二，戏剧冲突至御街相遇才展开，展开得较晚。这不符合话剧的理论。许多剧本，比如《打渔杀家》萧恩打了大教师，戏剧冲突才算真正展开，这时戏已经演了三分之一以上。

《樊江关》的戏剧冲突，薛金莲读信时才开始，也比较晚。而且，这出戏高潮过后还写了薛金莲赔情，占了不少的篇幅，算不上迅速收尾。然而，剧本并没有因此而松散，观众也没有因此而退场。这出戏在柳子戏里叫作《韩江城》，高潮之后不仅有金莲赔情，还有一场救骂解围的武打戏。这种的演法，也没见哪个观众提出指责。这样说并不是想证明戏曲的冲突一定要开展得迟缓，事实上许多戏的冲突开展得很迅速，也不是想证明高潮之后戏还要一拖再拖。这里只想说明即使有高潮的戏曲剧本，和话剧组织高潮的方法也不完全一致。就以上事实来看，大量的戏曲作品没有明显的高潮，部分剧作虽有高潮但也和话剧组织高潮的方法并不一致。高潮在戏曲中的意义，远远不像在话剧中那样对作品的艺术质量起着决定性的作用。一部话剧作品只有写好了高潮，就艺术上来说才可能取得成功。戏曲则不尽然。艺术上是否成功，并不凭借有没有高潮，而依赖几个重点场子，《十五贯》、《梁山伯与祝英台》、《秦香莲》、《群英会》等，哪部作品不是依靠重点场子支撑着？在话剧里，高潮统摄整个戏剧冲突，是艺术上成败的关键。在戏曲里，重点场子是生命，只有写好了重点场子，艺术上才能产生强烈的感染力。这就深刻地启示我们，撰写戏曲剧本，组织戏剧冲突，既可以有高潮，也可以没有高潮，这要视剧本的题材而定；就是有高潮的剧本组织戏剧冲突也不一定完全采用话剧手法。

然而，应当特别强调的，戏曲虽然不那么重视戏剧冲突的高潮，却非常重视人物感情的高潮。戏曲离不开抒情，一般说来重点场子多数是抒情的。在重点场子里人物感情的揭示，总有个产生、发展，到最高点的过程。所谓人物感情的高潮，就是把人物感情揭深揭透，揭到相当强烈的程度。只有把人物感情揭示得相当强烈，才能把人物树立起来，才能感染观众。如《秦香莲》"杀庙"，韩琪奉命追杀秦香莲母子三人，他的目的就是完成任务，当他了解到秦香莲是陈世美的原配夫人时，他意识到自己是替忘恩负义的坏蛋杀人灭口，思想上产生了激烈矛盾。杀吧，为虎作伥，违背他的良心。不杀，上头要钢刀见血，没有办法交差。他经过几番思想斗争，感情达到顶点，毅然拔剑自刎。在这里，不是对韩琪感情写得那样详尽、激烈，不是一步一步地达到高潮，就不会产生巨大的震撼力量。再如吉剧《包公赔情》，写包公去陈州放粮，临行前铡了侄儿包勉，然后向嫂嫂赔情。嫂嫂王凤英闻讯大怒，后了解到儿子的恶迹，原谅了包公，这样就塑造了一个深明大义的嫂嫂和一个铁面无私的包拯。这出戏和一般剧作不同，是写人物感情的转变，转变得自然可信，而且把人物感情推向了高潮，是难能可贵的。

五、冲突的尖锐程度

戏剧冲突的基础是现实生活的矛盾。现实生活丰富多彩、斑驳陆离，决定了生活矛盾的错综复杂，各色各样。生活中既有正义者胜利后的喜悦，也有美好事物被毁灭的悲哀；既有狂风暴雨般的残酷斗争，也有涓涓细流中的生活浪花；矛盾有复杂有简单，有尖锐有平淡，在特殊情况下，生活中也会出现局部的暂时的和谐。戏曲艺术有广阔的表现能力，虽然不能够表现生活的全貌，亦能反映生活中各式各样的矛盾，这是戏曲的一大优点。

生活的矛盾反映到戏剧作品里就是戏剧冲突。以戏剧冲突的尖锐程度划分，戏曲作品大致有三种类型。第一，戏剧冲突尖锐，代表作品有《铡美案》、《坐楼杀惜》、《窦娥冤》等剧。以《铡美案》来说，包拯与驸马公斗，与皇姑斗、与太后斗、不怕压力，执法如山，处决了陈世美，斗争极其尖锐激烈。各种梆子腔剧种演唱此剧，由于唱腔的高亢强烈，愈显出冲突的尖锐，更能激励人心。但是，戏剧冲突十分尖锐的剧本，在戏曲中的数量并不是太多。这是因为戏曲必须抒情。戏剧冲突往往作为揭示人物感情的基础，加上人物性格的完成，必须依凭人物内心冲突的描写，不像话剧那样主要依赖戏剧冲突。这就造成一种现象，十分尖锐的生活矛盾，反映到戏曲作品中，戏剧冲突并不怎么尖锐，例如前面分析过的《空城计》。为了方便起见，姑且把这样的剧本列为第一种类型。

第二，戏剧冲突平淡如水，剧本抒情性强烈，富有诗情画意的境界。这种作品颇有一定的数量，昆曲《琴挑》、《嫁妹》、川剧《秋江》、京剧《拾玉镯》、淮剧《千里送京娘》、锡剧《双推磨》等，都属于这个类型。这些作品所反映的社会生活本身就没有尖锐的矛盾，戏剧冲突自然也不可能十分激烈。《琴挑》中的潘必正和陈妙常，两人相互爱慕，心心相印，哪里有什么尖锐矛盾？只是陈妙常作为初恋的少女，作为大家闺秀，作为超脱凡尘的尼姑，一时不能冲破正派女子常有的羞怯，和心急的潘必正产生了一点点冲突。这种冲突充其量能够尖锐到什么程度呢？又如《嫁妹》，善良的钟馗，死后还在挂念着妹子的婚事，带领着鬼卒，把小妹送到婆家，了却生前心愿，等于没有冲突。实际上这些戏并不以戏剧冲突的尖锐取胜，它能够吸引观众的地方，是那逼真的人物形象，细腻的感情揭示和迷人的歌舞表演。这些地方正是戏曲的特长，而恰恰是话剧所不具备的。

第三种类型没有冲突。没有冲突的戏在戏曲中也是极少极少的，但决不能否认这种类型的存在。远在明朝初年，朱有炖《吕洞宾花月神仙会》杂剧，插演了一出《献香添寿》院本，可算最早的没有冲突的戏曲剧本。这出戏的内容，写双秀才庆祝生辰，请了四个乐工为之祝贺。这四个乐工，每人作了一句"添寿的诗"，献了一件"祝寿底物"，唱了一支"添寿的曲"。词语多是长命富贵，吉祥如意之类，中间夹杂着插科打诨，也没有什么故事情节。这样的戏当然没有什么冲突。更谈不上尖锐。再如柳子戏《憨宝观灯》，写夏历正月十五日，憨宝、七姑、八姨诸人，相约到街上观灯，见到什么好看之灯就夸赞一番。唱"随心如意调"，你一曲，她一支，顺口溜来，各式各样，自由活泼。而且登场人物和所唱曲调，均可自由增减。这出戏没有完整的故事情节，以观灯为由，以夸灯为主，辅以插科打诨，充分发挥戏曲艺术的特点，唱念舞应有尽有，就是没有戏剧冲突。另外昆曲《姑苏》，出于《浣纱记》十四折，原名"打围"，也是没有冲突的。

我们依据戏剧冲突的尖锐程变，把戏曲分成三种类型，目的想说明两方面的问题：一方面，如前所说，戏曲反映现实生活是非常广阔的，矛盾是尖锐的，一般的，没有矛盾的，都能表现出来；另一方面，戏剧冲突尖锐的、平淡的，没有冲突的，样样都有，而且都能够构成深受群众欢迎的优秀作品。由此证明，戏曲的冲突不一定非尖锐不可。

现在有一种理论，主张戏剧冲突一定要尖锐，一定要把人物放到风口浪尖上来考验。这种理论律之话剧是完全正确的。话剧受形式的限制，没有尖锐的冲突，就难以构成出色的剧作，律之戏曲，是片面的，不正确的。像前面分析的那样，各种类型的冲突都能构成戏曲，只保留尖锐的一种，无形中取消了戏剧冲突平淡的作品，等于给戏曲带上了枷锁，限制它反映生活的广阔性，这会给戏曲的发展带来不利的影响。冲突必须尖锐的理论不适于戏曲，甚为昭然。

六、情节与冲突的关系

在话剧中，情节发展受戏剧冲突的制约，二者密切地结合在一起。这表现在两方面：第一，情节发展的线索和戏剧冲突的线索像一对孪生兄弟，不可分离；第二，情节的开端、发展、高潮、结局等几个部分，涵义不同于一般故事的开头结尾，实际上是戏剧冲突的开端、发展、高潮和结局，离开戏剧冲突也就不存在情节的发展。戏曲亦不尽然，走的是另外一条路子。

其一，许多戏曲剧本的情节发展和戏剧冲突的线索不相一致，甚至分道扬镳，自行其是。本章在前面已经谈及，在戏曲里戏剧冲突往往作为揭示人物感情的基础，不像话剧那样，人物形象的塑造要在冲突中完成。戏曲这种特性表现在情节发展上，就产生了情节和戏剧冲突的不相一致。这里仍以越剧《梁山伯与祝英台》为例。这出戏的主题是抨击封建礼教，反对"父母之命，媒妁之言"的封建婚姻制度，主张青年婚姻自主，基本冲突是祝英台与祝公远的斗争。这个冲突的展开甚迟，第五场祝公远把祝英台许配给马文才算真正展开。然而，戏剧冲突展开之后，作者并没有深入开掘，却用大量篇幅精心描写梁、祝的爱情故事。梁山伯与祝英台的草桥结拜，三载同窗，十八里相送，梁山伯思祝下山及其对昔日生活的幸福回忆，许许多多情节都从戏剧冲突中游离出来，没有直接的关系。按照话剧的理论，这些描写都是芜笔，都是多余的东西，包括脍炙人口的"十八相送"在内，统统应该砍掉。这当然是观众所不允许的。再举一出昆曲《十五贯》的例子。这是一出反对主观主义和官僚主义的戏，况钟同过于执、周忱的斗争，是剧本的基本冲突。剧中不少情节，也不是围绕这个基本冲突布局的，诸如苏戌娟的出逃，她和熊友兰的高桥相遇，即前两场戏，都和戏剧冲突的线索不一致。照话剧的标准，这些情节都不做明场处理，而照戏曲的要求和习惯，一定要当众表演。所以有这样大的差别，是由于艺术形式的不同。戏曲有歌有舞，即使介绍情节性质的过场戏，照旧能够吸引观众。话剧的主要表现材料是对话，这两场戏照搬成话剧，那将索然无味。

其二，情节不完全受冲突的制约，还表现在许多戏曲作品中，戏剧冲突展开较迟，也没有明显的高潮。《梁山伯与祝英台》戏剧冲突的展开在第五场，超过全剧的三分之一，是比较迟缓的，其基本冲突是祝英台和祝公远的斗争，没有充分展开，较尖锐的地方是祝公远逼嫁，还算不上高潮。"楼台会"一场，深刻揭示了梁、祝的悲与愤，使观者酸鼻，是人物感情的高潮，不是戏剧冲突的顶点。《十五贯》的戏剧冲突，到第四场"判斩"才展开，也超过了全剧的三分之一。这场戏也只是人物感情的高潮，况钟和过于执、周忱的冲突，没有深化更没有达到尖锐的程度。另外，还有一类戏曲剧作，由几出相对独立的折子戏构成，其情节不受冲突的制约更为显然。例如京剧《武松》，包括了《打虎》、《狮子楼》、《十字坡》、《快活林》等几出小戏；《伍子胥》含有《战樊城》、《文昭关》、《鱼肠剑》、《刺王僚》等数个折子；《红鬃烈马》则由《彩楼记》、《三击掌》、《平贵别窑》、《母女会》、《武家坡》、《大登殿》等构成。这些都没有统一的贯穿全剧的冲突，《武松》一剧的各折，分别写武松与猛虎、潘金莲、西门庆、孙二娘和蒋门神的冲突，何来戏剧冲突的发展和高潮？《伍子胥》中的《战樊城》一折，写伍子胥与费无忌的冲突，《刺王僚》一折又写姬光和姬僚的冲突，两折戏的冲突有点风马牛不相及，当然谈不上戏剧冲突的高潮。以上数例中可以看出，剧中的情节虽然在发展，但戏剧冲突或展开迟缓，或无明显高潮，或冲突发生了变化，与情节发展不相一致。这又从另一个角度证明，戏曲的情节不完全受戏剧冲突的制约。

其三，戏曲的题材，多来源于小说，正史或传说，其中小说的影响最深。我国小说重情节的完整，故事有头有尾，前因后果清清楚楚，观者一目了然。戏曲也有这种特点，符合我们民族的传统的欣赏习惯。由于戏曲形式比较灵活，受到限制较少，凡是小说里描写的情节，差不多都能搬上舞台。前面举过的《武松》，出于《水浒全传》第二十三回至三十二回，所谓"武十回"，二者情节大致相仿。这样的例子不胜枚举，取材《水浒全传》、《三国演义》、《西游记》、《封神榜》、《说岳》、《说唐》、《唐人小说》、《三言二拍》等书的大量戏曲剧本，都具有这样的特征。这些事实证明，戏曲的情节更接近小说，而不像话剧那样，受到戏剧冲突的严格限制，情节的发展一定遵照开端、发展、高潮、结局的规律。

情节是人物性格发展的历史，话剧必须在戏剧冲突中完成人物性格，因此情节发展和冲突线索是一致的。而戏曲常常把冲突当作揭示人物感情的背景，冲突本身并不一定充分展开，因此，情节的发展和冲突的线索往往不相一致。上面我们从不同角度所作分析，已经证明了这个观点。至此，我们可以说，关于情节发展与冲突线索相一致的论断，就总的趋势来讲，是不适用中国戏曲的。

第四章 情 节

结构是戏曲创作中的重要环节，它往往决定一部作品的艺术质量。清初大戏曲理论家李笠翁说，结构犹如工师建宅，"基地初平，间架未立，先筹何处建厅，何方开户，栋需何木，梁用何材，必俟成局了然，始而挥斤运斧。倘造成一架，而后再筹一架，则便于前者不便于后，势必改而就之未成先毁。"（见《闲情偶寄》）他还指出了一些剧本失败的原因，"惜其惨澹经营"，"非审音协律之难，而结构全部规模未善也"。这些话强调了剧本结构的重要，指出了结构的艰巨，对于戏曲剧本的创作，在今天仍有现实意义。

戏曲剧本究竟是怎样结构起来的？一般说来，剧本结构包括情节和场景安排这两个组成部分，而这两部分的有机结合，就是完整的戏曲结构。由于我国戏曲有独具的民族特色，因此，情节和场子安排，或与此有关的其他问题，都有许多显著的为戏曲所独有的特点。结构包括的内容较多，情节和场次亦有相对的独立性，姑且分为两章论述，本章先讨论情节。

一、情节的构成

戏曲的情节是有四个大的段落构成的。明朝戏曲理论大师王骥德说："作曲者，亦必先分段数，以何意起，何意接，何意作中段敷衍，何意作后段收煞，整整在目，而后可施结撰。"（见《曲律》）根据这种见解，我们把四个段落的名称，分别定为起始、衔接、中段敷衍和收煞。王氏这种分法，虽然指写唱词而言，但也符合戏曲情节发展的实际情况。例如越剧《碧玉簪》，李秀英与王玉林定婚，是剧情的起始；顾文友用玉簪和假书破坏他们的婚姻，是剧情的衔接；王玉林对李秀英的种种虐待，至玉簪和假书阴谋的揭穿，是剧情的中段敷衍；王玉林送凤冠赔礼，夫妻言归于好，是剧情的收煞。再如古典名剧《琵琶记》，蔡伯喈和赵五娘新婚不久，被逼上京赶考，是起始；伯喈重婚牛府，是衔接；五娘的艰辛遭遇，到夫妻重新相会，是中段敷衍；伯喈回乡庐墓，是全剧收煞。由于戏曲艺术的特殊性，构成戏曲情节的这四个段落，各有独特之处，下面分别论述。

起始，顾名思义，是一出戏的开头。万事开头难，写戏也不例外。大幕拉开，观众对剧中人物，人物之间的关系，在这之前发生过什么事，将要发生什么事，等等，一无所知。所有这些，都要在开演之后，逐步做出介绍。这时剧情尚未展开，对观众还缺少吸引力，这些问题不做介绍，观众就不明白；静止地介绍，拖泥带水，又会使观众扫兴。写戏开头难，恐怕就难在这里。戏曲解决这个矛盾，是根据虚实结合的原则，采取"自报家门"的方法，也就是让剧中人物做自我介绍。这个方法也有发展过程。元代杂剧，人物不仅自我介绍，还要介绍全家。关汉卿《救风尘》第一折，即剧情的起始，宋引章的妈妈和宋引章上场后，云："老身汴梁人氏，自身姓李，夫主姓宋，早年亡化已过。止有这个女孩儿，叫做宋引章。俺孩儿拆白道字，顶真续麻，无般不晓，无般不会。有郑州周舍，与孩儿作伴多年，一个要娶，一个要嫁，只是老身谎彻梢虚，怎么便肯？引章，那周舍亲事，不是我百般拦障，只怕你久后自家受苦。"这段百余字的文字，把人物关系做了扼要介绍。接下来周舍上场，与宋引章结为夫妇，情节逐渐展开。明清传奇，废除了对全家的介绍但仍保留了自我介绍部分。清中叶兴起的地方戏，承袭了传奇的老路。"自报家门"作为戏曲的传统，一直沿用到现在。这个方法有不可忽略的优点，剧作家可以用最少的篇幅，以极简练的方法，把应该介绍的内容说清楚，以便达到迅速展开剧情的目的。现在新编的戏曲剧本，尤其是反映现代生活的剧本，多不采用这种方法。但我们也看到，这些剧本依然保留了较深的"自报家门"的痕迹。越剧《梁山伯与祝英台》，不用"自报家门"，但第一场祝公远的那段唱词，介绍了祝英台要到杭城攻书，仍然部分地起到"自报家门"的作用。京剧《红灯记》戏一开场，李玉和唱着出来，词曰："手提红灯四下看，上级派人到隆滩，时间约好七点半，等车就在这一班。"这四句话，说出了李玉和到车站的任务，类似自我介绍。戏曲是前进的，总要有所改革，明清传奇和清代地方戏，革掉了元杂剧一人介绍全家的方法，我们今天编写剧本，应根据今天观众的欣赏情趣，一般说来，不宜再让剧中人物自我报名。《梁山伯与祝英台》、《红灯记》以及其他一些作品启示我们，只要我们充分利用戏曲表现力强，艺术方法丰富多彩的优点，废除人物自我报名，仍然能够保持戏曲介绍人物的极其简练的艺术特色。

戏曲情节的衔接在全剧中所占篇幅不长，但却是戏曲情节构成的关键，需下功夫写好。一部戏曲作品艺术质量的优劣，符合不符合戏曲的规律，是不是"话剧加唱"，就情节来说常常在这个部分中定局，而且，戏曲艺术在情节构成上独具的特色，也在这个部分表露得最为突出。如果我们认真分析一批优秀的戏曲剧本，就可以看出戏曲情节的发展，总和某个特殊事件联系着。由于这一事件的出现，促使人物之间纠葛发生变化，这种变化推动了剧情的发展，从而构成了剧本的基本情节。这话说得很抽象，让我们举例说明。京剧《樊江关》两个主要人物樊梨花和薛金莲，是姑嫂，又是上下级，两人极其和睦亲热，薛金莲到来，樊梨花隆重迎接，赏给兵士银子酒席。柳迎春下圣旨，刚带来薛礼给樊梨花的亲笔信，要求火速发兵救援。樊梨花要照顾婆母，请薛金莲代她读信。读信之后，薛金莲心急如焚，迁怒樊梨花，指骂她不及时发兵。樊梨花再三忍让，忍无可忍，两人武斗起来。老夫人闻讯赶来，薛金莲赔情道歉，姑嫂重归于好，剧本至此结束。再如京剧《连升店》，这出戏的店主人唯利是图，王明芳一贫如洗，店主人对王明芳的冷淡、嘲弄、侮辱，只准住茅草房等行为，态度甚为恶劣。但报录人一声高禀，王明芳金榜得中，店主人的态度发生 180 度的转变，他对王明芳献媚拍马，热情招待，辱骂自己，行径卑鄙可耻。我们看到，上面的剧本，薛金莲读信，王明芳高中，这种事件的出现，使人物关系发生变化，产生一连串纠葛，构成了全剧的情节。读信、高中在构成戏剧情节中起着特殊的作用，为了方便起见，姑且杜撰个名字，叫它"纽带事件"。

　　"纽带事件"，在情节构成中起着重要作用，需要认真研究。这种事件是《樊江关》和《连升店》的特殊猜况，还是构成戏曲情节的共同规律？我认为是戏曲的共同规律，大凡优秀的传统戏曲剧本都有这种事件。京剧《凤还巢》程雪雁去私会穆居易，是该剧的"纽带事件"。穆居易投军赖婚，朱千岁冒名迎娶，程雪娥矢志不移，这种种情由，皆以此事为纲。《碧玉簪》中的王玉林和李秀英，在新婚燕尔之夜，举家欢庆之际，但就在此时，王玉林拾到了情书和玉簪，误中奸人诡计。他对妻子的残酷折磨，冷淡、侮辱和毒打，皆发端于此事。另外，川剧

《拉郎配》皇帝选美圣旨的下达，《萝卜园》梁秀鸾假扮梅廷选，《西厢记》中白马解围，都是这种事件，足见《樊江关》和《连升店》并不是特例。

或许会有人说，"纽带事件"就是中心事件，何必独出心裁，另搞一套。我们说两者不是一回事，不能混为一谈。《樊江关》中的读信、《西厢记》白马解围，它们的作用仅仅引起人物关系发生变化，产生一连串纠葛。这种事件不是剧本的重要情节，从内容上来看，似乎是外加上去的可有可无的东西，当然不是中心事件。但从剧本结构上来讲，这些事件极为重要，离开它就不能构成剧本，它和中心事件显然不是一码事。《西厢记》有各种改本，但不管哪个改本，白马解围这个事件总是改不掉，可见他的特殊作用。应当承认，有些剧本的"纽带事件"就是中心事件，如《宇宙锋》秦二世纳赵女入宫，《打渔杀家》催讨渔税银子。不过，即使这类事件，它们的功能，仍然是引起人物间的纠葛，在结构上依旧起到纽带的作用。"纽带事件"一词，虽然是我们杜撰的，但早在清朝初年，那时候的戏曲家，对这个问题就有过精辟的论述。李笠翁创建的"立主脑"理论，首次揭示了这个事件的存在。他说："如一部《琵琶》，止为蔡伯喈一人；而蔡伯喈一人，又止为重婚牛府一事。其余枝节，皆以此事而生。"又说："一部《西厢记》止为张君瑞一人，而张君瑞一人，又止为白马解围一事。其余枝节，皆从此一事而生。"李氏所说"一事"，就是我们所说的"纽带事件"，只是那个时候，"事件"一词尚未从国外引进，他不可能使用罢了。试想，没有白马解围，何来老夫人许婚，没有老夫人许婚，也就没有张生和莺莺的结合。白马解围确是《西厢记》的关键情节。稍晚于李氏的孔尚任，也阐述了这个观点。《桃花扇》第七出"却奁"总批说："秀才之打也，公子之骂也，皆于此折结穴。侯郎之去也，香君之守也，皆于此折生隙。五官咸凑，百节不松，"文章关捩也。"这段批语，指出了"却奁"是《桃花扇》的"纽带事件"，是"文章关捩"，剧中一系列的纠葛，"皆于此折生隙"。这也说明了戏曲剧本，必须有个这样的事件。

"纽带事件"在剧本中起什么作用？从大量的剧本来看，它主要的功能是承上启下，引起人物间的纠葛，把剧情的起始和中段敷衍衔接起来。《樊江关》薛金莲和樊梨花的反目，是那封信引起的。《连升店》店主态度的转变，是王明芳高中得官。《碧玉簪》王玉林虐待李秀英，是玉簪事件《红灯记》引起斗争的，是密电码。这里的信件、得中、玉簪、密电码，促使剧中人物发生纠葛，是剧情发展的关键。这个事件是构成戏曲情节的支柱，它像一条纽带，紧紧地把人物的纠葛扭结在一起。剧中没有它，情节就要松懈。因此，《桃花扇》第七出总批说："五官咸凑，百节不松，文章关捩也。"从这里我们可以看出，剧情衔接阶段的主要任务，是写好"纽带事件"。有了这个事件，就能顺利地促使情节往下发展。"纽带事件"引起的一系列人物间的纠葛，就是中段敷衍。

中段敷衍在一出戏中所占篇幅最长，是整个剧本的主体。仍以《西厢记》为例，"白马解围"是"纽带事件"，此后的情节为中段敷衍，包括"赖婚"、"赖简"、"酬简"、"拷红"、"长亭"等主要内容，直至"团圆"，剧本进入收煞。在这个阶段，基本上要完成人物塑造。人物之间的纠葛，应当充分展开。情节的发展，要注意起伏跌宕，层次有致，对观众产生很强的吸引力。李笠翁在《闲情偶寄》中谈到"小收煞"时，对情节的敷衍，提出很有价值的见解。明清传奇规模较大，一般分上下两部，上部的结束叫"小收煞"，"小收煞"并不是全剧的结束，就整本戏来说，正是情节发展的重要阶段，李笠翁指出，此时情节"宜紧、忌宽"，要令观众"揣摩下文，不知此事如何结果"，如果让观众"猜破而后出之，则观者索然，作者赧然，不如藏拙之为妙矣。"中段敷衍还应当作到情节发展合情合理，很自然地过渡到收煞。

　　戏曲剧本的结尾叫收煞，是剧情发展的最后阶段。这个阶段最能表现作品的思想倾向，也很难写好。经常看到一些剧本，前部写得颇有声色，因为收尾是个败笔，大大削弱了艺术感染力。如何搞好收煞？戏曲的剧本要求自然、合理。用李笠翁的话说，一定做到"水到渠成，非由车戽"。结尾或悲、或喜、或慷慨、或激昂，不能有人为痕迹，应是剧本情节和人物性格合乎逻辑的发展结果。《玉名堂批评红梅记》写裴禹和卢昭容团圆，较为自然，汤显祖说："此等结束甚妙，生旦相见不十分吃力，相会亦不吃力，到底不曾伤筋动骨，使文情、戏眼委曲有致。"《桃花扇》所揭示的主题是"借离合之情，写兴亡之感"，剧中侯朝宗和李香君仇视奸佞，力图复国，清兵入寇，践踏了个人的幸福，他们受张道士启发，出家入道，是思想发展的必然结局。顾天石的改编本，让侯、李当场团圆，悖离人物思想发展逻辑，孔尚任对此非常不满，提出严厉批评。要做到收煞自然合理，必须有个完整构思，开头想到结尾，对人物、情节的发展，有个全盘设想，这样才能收到"水到渠成"之效。另外，戏曲的收尾，还要求有意趣，给观众留有回味的余地。清焦循在《花部农谭》中谈到《清风亭》的演出，张继保被雷击死，观众大快。李笠翁说："收场一出即勾魂摄魄之具，使人看过数月，而犹觉声音在耳，情形在目者，全亏此出撒娇，作临去秋波那一转也。"由此可见，收煞一出，除了自然合理外，还要勾住观众的魂魄，戏结束而余味未尽，使他们久久不能忘怀，这才算好的收煞。

戏曲结构的这四个部分，各个部分都有自己的特点和要求，都很重要，而最关键的是找出"纽带事件"，抓住了这一点，可以说抓住了牛鼻子，其他部分就比较省力一些。

二、情节发展的线索

戏曲情节由四大部分组成，在一出大戏中，这四个段落又可分为几个，十几个，或者更多的小段落，每一个小段落就是我们平常说的一场。一出大戏里这么多小段落，所以能够贯穿起来，像链条一样，形成一个长长的整体，主要依赖情节发展的线索。戏曲情节发展的线索，可分为单线和复线两种类型，就名称来说和话剧是相同的，但实质上和话剧又有很大的差别，尤其是复线发展，和话剧的差别更为显著。

单线发展，就是贯穿全剧的情节线只有一条。田汉改编的《白蛇传》，描写白素贞和许仙的爱情故事，采用了单线发展的形式。白素贞和小青从峨眉山降临杭州，在游览西湖时偶遇许仙，并以借伞为牵线，结为夫妻，过着恩爱生活。金山寺主持法海是个佛规的维护者，认为江南佛地，"岂容妖孽混迹其间"，产生了铲掉素贞的恶念，阴谋离间白、许的关系，让许仙端阳节劝饮雄黄。端阳酒变，吓死了许仙，是这出戏关键事件，就是前面说的"纽带事件"。此后敷衍出白素贞盗草，许仙被骗逃往金山，素贞索夫水斗，夫妻断桥重会。素贞生子后，被法海捉去，压在雷峰塔下，最后小青毁塔救出素贞。整个故事情节始终围绕着白素贞和许仙的悲欢离合，向前发展，一线到底，没有其他枝节。《梁山伯与祝英台》也是单线发展。梁祝三载同窗，结下了深厚情意。祝英台回家路上暗许终身，梁山伯祝府求婚，得知英台许配马家，殉情身亡，英台撞坟而死，造成巨大的社会悲剧。剧中虽然写了英台许配马家，有的演出还让马文才当众登场，但这个事件只是造成悲剧的原因，算不上一条完整的情节线，该剧仍然应视做单线发展。单线发展的优点是头绪少，线索清楚，观者一目了然。而更重要的这种形式适宜戏曲艺术的人物塑造。戏曲艺术对人物感情、性格等方面的描写，以深透见长，这在前一章已做了较为详细论述。情节线索单一，没有其他枝蔓，可以拿出更多的场面把人物感情性格写得深透。《白蛇传》就有好几场这种精彩的描写。醉变之后，为了救活许仙，白素贞奋不顾身，千里迢迢盗取仙草的品质；金山寻夫，与法海恶战的反抗精神；败走断桥，重逢许仙，又恨又爱的复杂感情；合钵时对法海的极度仇恨等，都写得细腻详尽，体现了戏曲人物塑造的特点。如果线索过繁，这么多场面的细致描写，在演出时间和篇幅容量上都是难以做到的。但是，单线发展并非尽善尽美，明显的弱点是人物之间缺乏复杂的纠葛，反映生活的深度尚可而广度不足，不能对生活进行广宽的描写，这是很大的局限。

复线发展就是在一个剧本里有两条以上的情节线。复线发展不管有两条、三条，还是更多的情节线，其中只有一条是主线，其余都是副线，这和话剧是相同的。戏曲情节线索的发展，独到之处有二。第一，"纽带事件"在情节发展中起着非凡的作用，不管主线副线，一系列纠葛都是这个事件直接或间接引起的。这在前面谈了很多，此处不再重复。第二，主副线都和剧中一个主要人物纠缠在一起，这个人物像枢纽一样，把几条线索扭结起来。《凤还巢》的主角是程雪娥，显而易见，剧本主线同她有直接纠葛。朱千岁和程雪雁的那条副线，也不能和她分开。那条副线的形成，是朱千岁欲骗取雪娥，弄巧成拙，误把雪雁抬回家去。《西厢记》的主角崔莺莺，她和张生的结合是剧本主线，和郑恒的婚姻是副线，两条情节线和她紧紧地联系着。《拉郎配》三家拉一个李玉，形成三条情节线。李玉和张彩凤的纠葛是一条主线，和卜凤，县官小姐的关系是两条副线。问题在于三家拉一个李玉，如果三家各拉各的贵婿，虽然同是三条线索，而在剧本结构上，却和现在大不相同。《桃花扇》写南明王朝的覆灭，反映了广阔的社会生活，情节线索更为复杂。剧本以侯朝宗和李香君为主线，同时还写了南明王朝的迎立，史可法守扬州，江北四镇的内讧，左良玉的劝王，李贞丽改嫁等，所有这些都和主角侯朝宗纠葛在一起。李笠翁说，编撰剧本"原其初心，止为一人而设"，"原其初心，又止为一事而设"。所谓"一人"，即剧中主角，"一事"就是"纽带事件"。这话概括地说出了戏曲情节构成的基本特征。一部戏曲，不管几条情节线，都和剧中一个主角牵连着；人物间不管多少纠葛，都是"纽带事件"直接间接引起。按这种方式组成的情节，实质上是一线到底。而这样的情节线，也必然清晰单一。根据这个特点，那些与"一人一事"无关的情节，应该毫不可惜地删除。王骥德主张"剪枝蔓"，李笠翁进而提出"减头绪"，使剧本做到"始终无二事，贯穿只一人"。这些论述无疑完全符合戏曲情节构成的特性，是我国戏曲理论宝库中的精华。

戏曲的情节线不管有几条，都直接间接从"纽带事件"生发出来，都必须和剧中的一个主要人物扭葛在一起，这就是"一人一事"的原则。这和话剧很不相同。话剧的情节头绪繁多，线索复杂，而且每一条情节线不必都和主要人物纠缠在一起，许多成功的话剧作品，大都与"一人一事"的原则相悖离。夏衍的《上海屋檐下》，写了五个家庭，可以说有五条线索，以林志成一家为主线，其余四家为副线。五条线各自独立，四条副线均和主角林志成没有直接关联，那个住在阁楼上的李陵碑，除了唱几句二黄，和主角根本没有发生过任何纠葛。这五条线只有思想内容上的一致，并不能构成统一的故事。田汉的《丽人行》，塑造了三个女性，有三条情节线，而两条副线都没有和主角梁若英相扭结，两个剧本都没有纽带事件。这些都同戏曲有质的差别。

戏曲情节的复线发展，可以描绘广阔的生活画面，写出社会矛盾的复杂性。在这方面，我们曾经分析过的京剧《群英会》是一个颇有代表性的作品。这出戏有三条线，孙刘联合抗曹是主线，孙刘矛盾，曹刘矛盾是两条副线，三条线通过周瑜这个枢纽人物结连起来，形成一个完整的故事。此剧虽然情节复杂，线索较多，但主线突出，各条线索的脉络清楚，发展自然畅顺，符合戏曲艺术特点，表现了作者组织情节的才华。这是一出历史剧，写三国时期历史著名的"赤壁之战"，围绕着这场战争，曹操、刘备、孙权三方展开了复杂的斗争。剧中的三条情节线，反映了三方矛盾的复杂性和尖锐性，展示了广阔的历史画面，就反映生活的广度来讲，在我国戏曲史上，类似的剧本是少见的。反映如此广阔的生活，采用单线发展的形式，是无论如何不能胜任的，这看出复线发展的优点。《群英会》在结构上的成就，不仅表现在情节线索组织得成功，更表现在作者深谙戏曲塑造人物的特点，组织了一些出色的场景，如"蒋干盗书"、"草船借箭"、"打黄盖"、"横槊赋诗"等，生动细腻地刻画了人物性格。

复线发展，不仅能够开拓反映生活的广度，有的剧本通过一条副线，还能加强主线的思想内容，为整个剧本增加一些机趣和色彩。比如《樊江关》，主线写薛金莲和樊梨花的纠葛、冲突，两人争吵不休，动起刀枪，最后老夫人斥责薛金莲，金莲赔礼道歉，姑嫂重归于好。副线很简单写两个中军的争吵。薛金莲的中军醉后寻衅找事，无理取闹，和樊梨花的中军争吵起来。

中军乙　你们侯爷，赏我们四个人一桌，校场聚饮。

旗　牌　不错呀。

中军乙　这小子教我们十六个人坐一桌。

中军甲　那坐得开吗？

旗　牌　你先别言语，让他先说。

中军甲　得，我不言语。

中军乙　这还不算，他还不给我们酒喝。

中军甲　不给你酒喝？不给你酒喝，你就成这个样儿啦？

旗　牌　你让他说。

中军甲　得，让他说。

中军乙　这还不算，这小子他瞧不起我们侯爷。

中军甲　他瞧不起咱们侯爷。

中军乙　他说没有他们侯爷不能救驾解围。

中军甲　他说仗着他们侯爷也能解围救驾。

中军乙　樊侯爷比不了薛侯爷。

中军甲　薛侯爷比不了樊侯爷。

两个中军闹了一阵，薛樊姑嫂重新和好，他们也罢兵休战，同说："侯爷她们这不是和好了吗？咱们也和好了吧。"这条副线，并没有使生活画面开阔，主要作用有两个：一，中军乙的无理争吵，是对薛金莲的衬托，正像樊梨花批评的那样，这就叫"上梁不正下梁歪"，加深了主线的思想内容；二，两中军的插科打诨，使剧本生动、活泼，富有机趣，增强了对观众的吸引力。利用副线加强主线的思想内容，在话剧中是常见的，而在副线中通过插科打诨，使剧本产生一种机趣，这种现象在话剧中鲜见，不能不说是戏曲的一大特色。

复线发展较之单线发展有许多优点，但也不能看得太绝对，事实上复线发展如果运用不当，也会严重妨碍人物塑造，这在戏曲史上也有先例可借鉴。清初孔尚任的《桃花扇》，由于作者要反映一代王朝的兴亡，情节线有五六条之多，揭示生活的广度是充分的，但却忽略了戏曲人物塑造的特点，人物感情性格揭示得不深、不透、不强烈、不细致，大大削弱了作品的感染力。剧中女主角李香君是作者着意刻画的理想人物，而刻画的侧重面，又放在她的不畏强暴、疾恶如仇的高尚品质上。《桃花扇》中有好几折戏歌颂了这种品质，其中以"却奁"和"骂筵"最负盛名，评论者也津津乐道。实际上这两折戏人物情感没有真正揭示出来，只能充当案头文学阅读，作为舞台脚本，那是不能胜任的。先来分析"却奁"。这折戏是《桃花扇》第七出，阮大铖为了收买侯朝宗，暗地里为他办了"二百金"的妆奁，香君得知，毅然全部退回。应该说，这个情节本身完全提供了写好香君思想性格的可能性，只是作者没有充分注意到舞台演出，依然犯了情节枝蔓太多，揭示人物感情点到为止的错误，没能把香君的感情真正描绘出来。此折是这样写的：开头，保儿上场，说了不少闲话；接下来写杨文骢道喜，李贞丽感谢，侯朝宗与李香君的恩爱，再指出香君"摘了几朵珠翠，脱去一套绮罗，十分容貌，又添十分"，这才慢慢地过渡到妆奁上来。香君问："俺看杨老爷，虽是马督抚至亲，却也拮据作客，为何轻掷金钱，来填烟花之窟？在奴家受之有愧，在老爷施之无名；今日问个明白，以便图报。"杨文骢说出真情，妆奁出自阮大铖之手，目的是让朝宗为之"分辩"投靠魏党的丑行。侯朝宗有些动摇，香君勃然大怒：

〔旦怒介〕官人是何说话，阮大铖趋附权奸，廉耻丧尽，妇人女子，无不唾骂。他人攻之，官人救之，官人自处于何等也？〔川拨棹〕不思想，把话儿轻易讲。要与他消释灾殃，要与他清释灾殃，也提防旁人短长。官人之意，不过因他助俺妆奁，便要徇私废公；那知道这几件钗钏衣裙，原放不到我香君眼里。〔拔簪脱衣介〕脱裙衫，穷不妨；布荆人，名自香。

　　所谓"却奁"，李香君的戏就这么多，后面仅在舞台指示中注明〔旦怒介〕，另外还有两句下场诗："裙布钗荆也不妨"，"风标不学世时妆"。如此而已。一折戏中，真正写"却奁"的篇幅，不及全折的十之二三，其他描写统统与此关系不大，重点实在太不突出！再研究"骂筵"。这是《桃花扇》第二十四折，马士英诸人在赏心亭饮宴，令歌妓劝酒助兴，香君乘机辱骂。此折名为"骂筵"，实则骂得并不多，仅用了三支曲子和部分话白的篇幅，占全折的五分之一。另外五分之四，先写阮大铖升官后的卑鄙的心理活动，继写差役传召老清客和秦淮妓女，又写卞玉京和丁继之逃亡出家，还用相当长的篇幅写阮大铖对马士英的阿谀奉承。这些描写，除了个别情节可以为骂筵作铺垫外，大部分是多余的，同骂筵无关的芜笔。不难看出，"却奁"和"骂筵"，由于芜笔太多，而且没有在却奁和骂筵这两个最能表现人物感情的地方大作文章，虽然写了李香君疾恶如仇、不畏强暴的性格特征，但写得极不充分，极不深刻，香君的性格刚刚闪出一点点火花，尚未形成炽热的亮光，就立即把它熄灭下来。《桃花扇》对人物感情性格的揭示，仅仅点到为止，没有从细腻深透上狠下功夫，因此艺术形象不甚鲜明，剧本的舞台生命力不强，早在清朝中叶，只剩下三折偶有演出，至清朝末年，名噪一时的重要剧作，竟然在舞台上绝响，沦为案头文学。《桃花扇》的事实说明，复线固然能够描写更广阔的生活，但线索不宜过多，过多了，像《桃花扇》这样，势必交待多，前后照应多，难以用大量篇幅细腻深透地描写人物，影响了人物塑造，一定要引以为戒。欧阳予倩改编的话剧《桃花扇》，西安电影制片厂摄制的电影《桃花扇》，都砍掉了几条线索，突出了人物性格的刻画，这也说明原剧头绪过多，是不可取的。

还有些剧本，作者大概只注意了情节线索的组织，而忽略了组织精彩的场面细致而深透地描写人物感情性格，影响了人物塑造。例如川剧《拉郎配》，只有三条线，不能说过多，情节发展也比较紧凑、自然，甚至可以说无懈可击，可以看出作者的功力。但是由于缺少对人物感情性格的深透解剖，形象不甚鲜明，严格说来人物塑造是不成功的。这个事实说明，复线发展虽然有许多优点，但却不易驾驭，如果一味追求剧情的热闹，忽视对人物的塑造，也会严重影响剧本的艺术质量。这一点，也不能不引以为戒。

单线和复线，是戏曲情节发展的两种类型，哪一种都可以写出优秀的作品，关键是作者运用得当。至于在某个剧本中运用哪种形式，这要由剧本的题材和作者的艺术风格来定，不能一概而论。

三、情节的提炼

情节来源于生活，现代戏是这样，历史剧甚至神话剧也是这样。田汉谈到《白蛇传》"闲游冷杉径，闷对桫椤花"时说："举一个小例子，像第一场《游湖》时，白娘子对小青说，她们在峨眉山修炼之时，"闲游冷杉径，闷对桫椤花"，这短短十个字是我去年春天跟朋友们穿着草鞋，拄着藤杖，流着汗，冒着大雷雨，通过钻天坡、阎王坡，七里坡，九十九拐等无数险道爬上三千零六十公尺高的峨眉山顶后观察所得的。原来峨眉山顶上并无杂树，只有这种冷杉……"仅仅两句念白尚需有坚实的生活，戏剧情节更需如此。然而生活是复杂的，陆离斑驳，众色纷呈，并不是每个事件，每一种矛盾，都可以摄入剧中，必须把生活中的材料，经过加工、提炼和选择，只有那些最富于表现力的材料才能构成戏剧情节。什么样的情节最富于表现力？这又和戏曲的基本特征有关。按照戏曲艺术"传神"的美学思想，应该选择那些最能揭示人物感情性格和心理活动的事件，构成戏曲情节，完成人物塑造。像《白蛇传》的"盗草"、"索夫"、"断桥"、"合钵"等情节都能够深刻地揭示出白素贞的感情性格，很有表现力，情节的提炼是成功的、恰当的。

人物的感情、性格在平淡的日常中是不太显露的，更达不到戏曲所要求的相当强烈的程度。这就要求剧作家根据自己所掌握的材料，来一番加工，并通过丰富的想象，创造一定的条件，使人物感情性格真实强烈地显露出来。在这里，条件是主要的，剧作家对情节进行提炼和加工，就是为了制造这样一个特殊的条件。我认为这种条件主要有两个方面。一方面需要设计一个特定的人物关系，另一方面还必须有一个能够触及人物心灵的特定事件。这种特定的人物关系及事件，就是充分揭示人物感情性格的先决条件，也是戏曲作家提炼情节的着眼点。为了阐明这个论点，让我们举例说明。古典名剧《西厢记》，男主角张生在游普救寺时碰到了崔莺莺，莺莺临走时偷看了他一眼，两人产生了爱慕之情。夜晚，莺莺烧香，两人隔墙吟诗，互相表白自己的情怀。张生以诗挑逗："月色溶溶夜，花阴寂寂春；如何临皓魄，不见月中人。"莺莺依韵回敬了一首："兰闺久寂寞，无事度芳春；料得行吟者，应怜长叹人。"崔张一见钟情，在两个青年人的心灵深处撒上了爱情的种子，这就构成了特定的人物关系。然而，两人虽然心心相印，如果没有白马解围，不敢也不可能亲近，更不可能结为夫妻，充其量只能是隔墙吟诗，彼此偷看几眼，时间长了要么张珙悻悻而去，要么被老夫人发觉送往官司治罪，好的结果恐怕是不会有的。正是白马解围这个事件，使他们的关系发生了变化，成为合法的夫妻，才敷衍出以后的情节。普救寺解围之后，老夫人叫红娘请张生和莺莺，他们都以为是举行婚礼，两人皆喜出望外。请张生时，红娘说："避众僧，请老兄，和莺莺匹聘。"〔末云〕"如此小生欢喜。"〔红〕只见他欢天喜地，谨依来命。〔末云〕"小生客中无镜，敢烦小娘子看小生一看何如?"〔红唱〕〔满庭芳〕"来回顾影，文魔秀士，风欠酸丁。下工夫将额颅十分挣，迟和疾擦倒苍蝇，光油油耀花人眼睛，酸溜溜螯得人牙疼。"红娘请莺莺出来，莺莺唱："我相思为他，他相思为我，从今后两下里相思都较可。"两人感情、性格和喜悦心情，得以完全展现。可以看出，这种描写，都建立在两人将要举办婚礼这种特定的人物关系上。但是他们哪里想到老夫人赖婚！赖婚这个事件又改变了人物之间的关系，触动了人物心灵。这种改变，表现出老夫人嫌贫爱富、出尔反尔的恶劣品质，更在两个青年心灵里激起巨大的波澜。张生害起相思，卧床不起，性命奄奄一息，他对爱情的专一、笃诚，以及毫无办事能力的书呆子气，得以揭示出来。崔莺莺追求婚姻自由，也是封建礼教的叛逆。但她又是相国千金。从小受"三从四德"的教育，思想上受到封建礼教的严重束缚。她冲破封建礼教的桎梏，经历了艰苦的历程。老夫人赖婚，她非常不满，唱道："老夫人谎到天来大，当日成也是您个母亲，今日败也是您个萧何。"张生知道婚姻无望，要离开普救寺，莺莺让红娘传话："只说道夫人时下有人唧哝，好共歹不着你落空。"张生得了相思病，她去信与张生约会，而张生真的跳墙而入，她又翻脸不认账，把张生收拾了一番。经过几次周折，她才迈出了勇敢的一步，最终和张生私会于西厢。写莺莺这种矛盾心理活动，最突出的一折是她接到张生的简帖之后的表现。这折戏我们做简单分析。红娘带来了张生的书信，明明知道莺莺爱张生，但知道小姐有些"假处"，自己是个婢女，怕小姐嗔怒不敢直接交出，故意放在妆盒上，莺莺看过，摆出一副相国小姐的架子，说："小贱人，这东西哪里来的？我是相国的小姐，谁敢将这简帖来戏弄我，我几曾惯看这等东西？告过老夫人，打下你个小贱人下截来。"显然，作者这样写是抓住了主婢的特定关系。没有这种关系就不能这样写。然而，红娘深知莺莺的心事，以攻为守，毫不示弱，"姐姐休闹，比及你对夫人说呵：我将这简帖儿去夫人行出首去来。"这下果然见效，莺莺立即软了下来，忙揪住红娘说："我逗你耍来。"〔红云〕"放手，看打下下截来。"〔旦云〕"张生两日如何？"〔红云〕"我只不说。"〔旦云〕"好姐姐，你说与我听咱！"红娘告诉她，张生"瘦得来实难看"，"晓夜将佳期盼，废寝忘餐"，并且说"他证候吃药不济"，除非你们结为夫妻才能使病好转。红娘所以敢于以攻为守而且能取胜就是抓住了莺莺爱张生又不敢让老夫人知道这个弱点，一攻莺莺就软了下来。在这里作者仍然运用了特定的人物关系进行描写，通过这种描写，红娘的机智聪明，莺莺细腻的心理活动都真实地展现在观众面前。莺莺听了红娘诉说，又是一番做作——

戏曲编剧理论与技巧　第四章　情　节

〔旦云〕红娘，不看你面时，我将与老夫人看，看他有何面目见夫人？虽然我家亏他，只是兄妹之情，焉有外事。红娘，早是你口稳哩，若别人知呵，甚么模样。

〔红云〕你哄着谁哩，你把这个饿鬼弄得他七死八活，却要怎么？

〔四边静〕怕人家调犯，"早共晚夫人见些破绽，你我何安"问甚么他遭危难？撺断得上竿，撮了梯儿看。

〔旦云〕将描笔儿过来，我写将去回他，看他下次休是这般。

〔旦做写科〕〔起身科云〕红娘，你将去说："小姐看望先生，相待兄妹之礼，如此，非有他意。再一遭儿是这般呵，必告夫人知道。"和你个小贱人都有话说。〔旦掷书下〕

莺莺说得一本正经，板着一副小姐的面孔，实际上口是心非，是让张生跳墙："待月西厢下，迎风户半开，隔墙花影动，疑是玉人来。"莺莺走后，红娘拾起书信，无可奈何，只好去送："我若不去来，道我违拗他，张生又等我回报，我须索走一遭。"这个片断，剧作者依旧利用了人物的特定关系及特定事件来组织情节，从而写出了莺莺的心理活动。莺莺约张生私会，惧怕老夫人知晓，也想骗过红娘，但她又需要红娘传书递简，于是摆出小姐的架子，"再一遭"，"和你个小贱人都有话说"，把信狠狠地掷在地下。红娘身为奴婢，不能违拗小姐只好把信送去。我们看到，在这折戏里，作者自始至终抓住了莺莺和老夫人、和张生、和红娘的特定人物关系，围绕着能够触及莺莺心灵的简帖事件，进行了细腻描写，构成了这折戏的基本情节。在这里特定的人物关系和能触及人物心灵的事件，就是构成情节的基本因素，二者缺一不可。这个情节很富有表现力，提炼是成功的，得当的。

还有京剧《三堂会审》，王金龙是八府巡按，苏三是囚徒，又是恩爱夫妻，两个陪审官又看出了他们的关系。这样构成一出好戏。

再举一个现代戏的例子。现代京剧《沙家浜》"智斗"一场，情节提炼和加工也相当出色，因此能够有力地揭示出阿庆嫂、刁德一和胡传魁的感情性格。这场戏所以能够写好，从提炼情节上讲，仍然是充分运用了特定的人物关系和一个触动人物心灵的特定事件。特定关系是：阿庆嫂是地下党员，是交通站的联络员，又是胡传魁的救命恩人；胡传魁曾经打过日本，现在已经投降，但表面上还打着国民党的旗号；刁德一是参谋长，是胡传魁的部下，道地的汉奸，老家又在沙家浜，是个地头蛇。这种特殊的情况，组成了复杂的人物关系。触动人物心灵的特定事件，就是18位伤病员，一方要保护，一方要伤害，这场戏就是围绕着这个事件展开。在这场戏里，作者牢牢抓住了这个特定的人物关系。刁小三抢劫少女的包袱，阿庆嫂出面解救，就是依靠救过胡传魁这种特定关系的。

刘副官 刁小三，都是自己人，你在这闹什么哪？

阿庆嫂 是啊，这位兄弟，眼生得很，没见过，在这儿跟我有点过不去呀！

刘副官 刁小三！这是阿庆嫂，救过司令的命！你在这儿胡闹，司令知道了，有你的好吗？

刁小三 我不知道啊！阿庆嫂，我刁小三有眼不识泰山，你宰相肚里能撑船，别跟我一般见识啊！

阿庆嫂 （已经觉察他们是一伙敌人，虚与周旋）没什么！一回生，两回熟嘛，我也不会倚官仗势，背地里给人小鞋穿，刘副

　　　　　　　　官，您是知道的！

刘副官　哎，人家阿庆嫂是厚道人！

阿庆嫂　（向少女）回去吧。

少　女　他还抢我包袱哪！

阿庆嫂　包袱？他哪能要你的包袱啊！（向刁小三）跟她闹着玩哪，

　　　　　　　　是吧？（向刘副官）啊？

刘副官　啊。（向刁小三）闹着玩，你也不挑个地方！

　　　　　　　　〔刁小三无可奈何地把包袱递给阿庆嫂。

阿庆嫂　（把包袱给少女）拿着，要谢谢！快回去吧！

　　如果没有阿庆嫂救过胡传魁的命这种特定的人物关系，刘副官就不会指责刁小三，刁小三也不会向阿庆嫂道歉，阿庆嫂也就无力阻止刁小三的抢劫行为。这个片断也就难以构成。在这里，由于作者利用了这种特定人物关系，通过这个片断的描写，不仅说明了胡传魁是一伙汉奸土匪，更表现出阿庆嫂热爱人民群众的优秀品质和聪明机智的性格特征，写出了这么一个相当成功的片断。

　　在这场戏里，充分运用特定的人物关系，最出色的是阿庆嫂和刁德一斗智的几个片断。阿庆嫂救过胡传魁的命，又不是沙家浜人，这引起了刁德一的怀疑。

刁德一　（望着阿庆嫂背影，唱）〔反西皮摇板〕

　　　　　　　　这个女人不寻常！

阿庆嫂　（接唱）刁德一有什么鬼心肠？

胡传魁　（唱）〔西皮摇板〕

这小刁一点面子也不讲!

阿庆嫂 （接唱）

这草包倒是一堵挡风的墙。

刁德一 （略一想，打开烟盒请阿庆嫂抽烟）抽烟!

〔阿庆嫂摇手拒绝。

胡传魁 人家不会，你干什么!

刁德一 （接唱）

她态度不卑又不亢。

阿庆嫂 （唱）〔西皮流水〕

他神情不阴又不阳。

胡传魁 （唱）〔西皮摇板〕

刁德一搞的什么鬼花样?

阿庆嫂 （唱）〔西皮流水〕

他们到底是姓蒋还是姓汪?

刁德一 （唱）〔西皮摇板〕

我待要旁敲侧击将她访。

阿庆嫂 （接唱）

我必须察言观色把他防。

刁德一故意旁敲侧击，说阿庆嫂"有抗日救国的好思想，"新四军树大荫大，"想必是安排照应更周详"。阿庆嫂识破了刁德一的诡计，不卑不亢对答如流，我们开茶馆的"人一走，茶就凉"，"有什么周详不周详"，把刁德一顶了一下。接着胡传魁询问这个镇子里来没来过新四军，有没有伤病员。阿庆嫂的回答来过新四军，也有伤病员，可是都走了，"伤病员也无踪影，远走高飞难找寻。"

刁德一 哦，都走了？！

阿庆嫂 都走了。要不日本鬼子"扫荡"了三天，把个沙家浜像篦头发似地篦了这么一遍，也没找出他们的人来！

刁德一 日本鬼子人地生疏，两眼一抹黑。这么大的沙家浜，要藏起个把人来，那还不容易吗！就拿胡司令来说吧，当初不是被你阿庆嫂在日本鬼子眼皮底下，往水缸里这么一藏，不就给藏起来了吗！

阿庆嫂 噢，听刁参谋长这意思，新四军的伤病员是我给藏起来了。这可真是呀，听话听声，锣鼓听音。照这么看，胡司令，我当初真不该救您，倒落下话把儿了！

胡传魁 阿庆嫂，别……

阿庆嫂 不……

胡传魁 别别别……

阿庆嫂 不不不！胡司令，今天当着您的面，就请你们弟兄把我这小小的茶馆，里里外外，前前后后，都搜上一搜，省得人家疑心生暗鬼，叫我们里外不好做人哪！

胡传魁 老刁，你瞧你！

刁德一 说句笑话嘛，何必当真呢！

胡传魁 哎，参谋长是开玩笑！

阿庆嫂 胡司令，这种玩笑我们可担当不起呀！

刁德一没有从阿庆嫂那里捞到一点油水，这个老奸巨猾的家伙，灵机一动，认定伤病员在芦苇荡里，并马上命令老百姓下湖捕鱼捉蟹，把伤病员引诱出来。在这千钧一发之际，阿庆嫂急中生智，把块砖头和草帽扔进湖里，胡传魁误以为有人跳水，开枪射击。枪声一响，伤病员知道镇上有了情况，自然不会出来，这样刁德一的诡计就被击败了。

从中可以看出，在这场戏里，胡传魁因为阿庆嫂救过自己的命，把她当做自己人，刁德一因为阿庆嫂不寻常又是个外地人，所以对她产生了怀疑，但由于胡司令的阻挡，他又不敢放肆，阿庆嫂则充分利用了这种关系，巧于周旋，从而保护了伤病员的安全。通过这种特定的人物关系，复杂的纠葛，阿庆嫂聪明、机智、果敢的性格和对革命事业的赤胆忠心，刁德一的阴险、狡猾、狠毒的本性，胡传魁的愚蠢和土匪义气，都形象、生动、真实地揭示出来。这场戏的情节表现力是强的，提炼是成功的，因而是一场好戏。

提炼情节一要抓住人物的特定关系，二要选择一个能够触及人物心灵的事件，二者不可缺一，《西厢记》是这样，《沙家浜》也是这样，这不能不说是戏曲组织情节的一个特点。有的剧本没有写好，其中的重要原因之一，就是作者提炼情节时没有抓住这个特点。越剧《慧梅》，似乎就有这个毛病。这出戏取材于姚雪垠长篇小说《李自成》，故事是写闯王两打开封，损兵折将未能攻下。此时拥有十万人马的袁时中同意投降闯王，闯王为了很好地掌握这支人马，把慧梅认为义女，嫁给袁时中为妻。慧梅婚后，闯王准备第三次攻打开封，令袁帅部进攻南门，而袁时中在部将的挑唆下伪装听从命令，实则投降官军。慧梅发现这一情况，火速派人给闯王送信，同时处决了袁时中的军师。待闯王追兵赶到，袁时中拔剑刺死慧梅。袁在逃跑途中被闯营兵将乱箭射死。此剧共七场，前三场写慧梅和张鼎情投意合，在战斗中结下了深厚的友谊，高夫人也准备为他们举行婚礼，两人十分喜悦。就在此时，为了"一女换取十万兵"，闯王做出决定，让慧梅嫁给袁时中为妻。这个事件触动了慧梅的心灵，她闻讯之后如同霹雳击顶，悲伤欲绝，甚至拔剑自刎，人物感情揭示得极为细致、深刻。尽管这个剧本还有其他缺点，仅就这个情节的提炼来说是相当成功的。作者抓住慧梅和张鼎的特定关系，经过认真地铺垫，突出了两人结婚前的喜悦心情，闯王突然做出决定，沉重地打击了慧梅，她的感情如同长江大河，奔流直下。在这种情况下，英雄有用武之地，作者有情好写，有情可挖，人物的精神面貌能够得以充分展现。可惜后四场作者没有按照这种方法去提炼情节，从而导致了剧本的涣散、拖沓。慧梅婚后，虽然怀有身孕，但和袁时中是同床异想，貌合神离，她坚决地执行着闯王的命令，想的是改造袁时中的部队，而袁时中则是阳奉阴违，瞒过慧梅，暗地里准备投降官军。这种特定的人物关系，作者没有充分利用。还有，剧本的后半部虽然写了袁军将领对闯王整饰军纪的不满，写了袁时中暗中投敌，写了慧梅给闯王暗送军情，写了慧梅对袁时中的规劝等事件，但没有一个事件能够在慧梅心灵里激起感情的浪花，打开人物的内心世界。这样提炼出来的情节只能完成一个故事，说明慧梅忠诚闯王的事业，但不能触及人物灵魂，展现慧梅的精神面貌，这就偏离了戏曲艺术"传神"的美学思想，大大减弱了作品的感染力。《慧梅》一剧正反两方面的事实也说明，剧作者必须捕捉那些最能触及人物心灵的事件，并运用特定的人物关系，提炼出富有表现力的情节，这样的情节才能起到"传神"的作用，才符合戏曲艺术的特征。

戏曲艺术的情节提炼必须做到"传神"，这么说还要不要考虑唱念舞的形式特点？说得更具体一些，要不要考虑程式的运用？我认为需要考虑。比如设计人物的时候要想好由什么行当充任，动笔之前就要考虑到这是一出唱功戏，做功戏，还是唱做并重的戏，甚至某些技术的运用，都应当考虑进去。剧本是舞台脚本，不是案头文学，一个剧本的完成，最终要树立在舞台上。戏曲艺术的技术性很强，撰写戏曲剧本不考虑运用技术，往往在舞台上树不起来，只能作为案头文学阅读。运用技术是相当重要的，这一点应当充分肯定。但是，运用技术不宜过细，如什么地方唱腔用什么板式，什么身段，何种锣鼓点等。如果把运用技术强调到不适当的地步，把它绝对化，既不符合戏曲的实际情况，也不利于戏曲的发展。理由有三。第一，我国有三百多个剧种，我们讨论戏曲编剧只能论述共同的规律，也就是本质的东西，运用技术各个剧种不尽相同，如以某一剧种为模式，势必不符合其他剧种的实际情况。而且运用技术是非常灵活的而不是死板的，就京剧来说，在某一个地方既可以唱西皮原板，也可以唱二六，二者都是对的，规定得太死、太细，违背了戏曲运用技术的灵活性。第二，一个剧本搬上舞台，一般都要经过导演和演员的加工修改，来一番再创造，技术规定的太细、太死，不宜于二度创造。第三，戏曲技术本身是不断发展的，前进的。以行当来论，从古至今就有很大的不同，京剧最初没有"花衫"，经王瑶卿、梅兰芳的努力，创造了这个行当，使京剧旦角表现生活更为广阔。今天我们搞现代戏，必然要打破原有行当的界线，也要冲破原来某些程式的限制，有些程式还要重新创造，这是戏曲发展的必然趋势。如果我们把运用技术规定得太死、太细，不利于戏曲的发展，更不利于戏曲表现现代生活。我总的看法是，戏曲作家必须懂得技术，熟悉舞台，结构剧本时要考虑舞台演出的需要，但不宜规定得过细、过死，更不能把运用技术绝对化；戏曲作家在结构剧本时，应当根据戏曲美学思想的要求，把注意

戏曲编剧理论与技巧

第四章 情 节

力集中地、毫不分散地放在"传神"上，只要深刻地揭示出人物的感情性格，戏曲有很强的表现力，经过表导、舞美、音乐各方面人员的共同努力，总能找出恰当的技术，把剧本完整地树立在舞台上。而如果把运用技术绝对化，甚至因此而忽略了"传神"，那将本末倒置，得不到好的结果。

与提炼情节有关的，还有一个情节的出新问题。在提炼情节时，应当考虑到情节的新奇，也就是不落俗套。艺术贵在创造，公式化的情节，千篇一律，是戏曲创作中最没出息的表现。早在清朝初年，李笠翁对这种现象就进行了严厉的批判，他说："吾谓：'填词之难，莫难于洗涤窠臼；而填词之陋，亦莫陋于盗袭窠臼。'吾观近日之新剧，非新剧也，皆老僧碎补之衲衣，医士合成之汤药，取众剧之所有，彼割一段，此割一段，合而成之，即是一种传奇，但有耳所未闻之姓名，从无目不经见之事实。语云：'千金之裘，非一狐之腋。'以此称时人新剧，可谓定评。"又说，戏曲"非奇不传，新，即奇之别名也"。（见《闲情偶寄》）孔尚任亦云："传奇者，传其事之奇焉者也，事不奇之不传。"（见《桃花扇小识》）如何做到出新？我认为有两点。第一，要有深厚的生活基础。现实生活千差万别，一个剧作家生活底子厚实，就容易发现新鲜事情，提炼出新的情节。如果闭门造车，按照主题的需要，关在房间里冥思苦想，只能"盗袭窠臼"，不可能提炼出新的情节。第二，要有个巧妙的构思，戏曲创作是创造性的劳动，人家用过的情节不能再用，如果再用就要落套，情节的出新，需要从生活中吸取新鲜事情，从而避免雷同。然而，有些题材本身并不新奇，如果作家进行巧妙的构思，也可以不落俗套。例如孔尚任的《桃花扇》，写南明王朝的兴亡，基本上取材历史事实，有些历史知识的人都了解这些情况，没有什么特别新奇的东西。然而经过作者巧妙的构思，却推出了新意。孔尚任要表现的"兴亡之感"这一主题，并没有从正面铺陈，而是通过一对情人的离合悲欢，从侧面展示出来，剧本表面似乎是写爱情，实际上是写一个朝代的政治变革。这种处理方法，在当时还是很新颖的。再就爱情的描写来说，也不落一般俗套。传奇作品多以大团圆结束，本剧打破了这个格局，以主人公双双入道为归宿。象征侯、李爱情的诗扇，本为侯朝宗的一柄宫扇，结亲时送给香君，作为定情之物，这在我国戏曲中是常见的老套子。作者高明之处就在于用这把扇子，作了许多文章，提炼出一系列新鲜情节。朝宗走后，香君一直把扇子珍藏身边，烦闷时拿出展玩，说明了她对朝宗的怀念。为了拒绝田仰的亲事，香君撞毁容颜血溅诗扇，这把扇子象征着她对爱情的坚贞和对权贵的憎恨。她要给朝宗写信，千言万语，无从谈起，索性把扇子寄去，当作书信，用似说明自己的"千愁万苦"。侯朝宗接到扇后，即刻赶回南京，两人经历了许多辛苦，始得相会，不料刚一见面，此扇就被张道士撕得粉碎。撕毁扇子，又标志着国家的灭亡，摧毁了个人幸福。仅仅一把扇子，在剧中竟起到如此巨大作用，可见，作者付出了艰辛的劳动。孔氏说："《桃花扇》何奇乎？其不奇而奇者，扇面之桃花也。"（见《桃花扇小识》），《桃花扇》的经验告诉我们，剧作者掌握的材料即使没有新奇之处，如果有一个巧妙的构思，花一番心血，做到"不奇而奇"，依然可以提炼出颇有新意的情节。

戏曲提炼情节，要求做到新奇，但新奇并不等于"离奇"。离奇怪诞的情节，只追求形式上的奇特，那可能导致脱离现实而使作品失掉生活气息，走上创作的歧途，这一点应当引起充分重视，并在创作实践中加以避免。

四、几种常用的表现手法

组织戏曲情节，经常运用一些表现手法，这些手法对刻画人物性格，加强剧本的戏剧性，都有很大的作用，这里简单介绍几种主要方法。

第一，铺垫。铺垫就是铺平垫高的意思，是戏曲中经常运用的最重要的表现方法之一。这种手法又有两种情况。一种叫欲抑先扬，或者叫欲擒先纵。基本要求是作者欲写人物的悲伤，则先写喜悦，欲写懦弱而先写勇敢等，用宣扬的方法达到抑制的效果。如扬剧传统剧目《百岁挂帅》，也就是京剧《杨门女将》，写宋时西夏王兴兵犯境，三关元帅杨宗保中箭身亡，焦廷贵、孟定国离开边关，寅夜到京城告急，而此时此刻天波杨府却正忙着庆贺宗保的五十寿辰，全府上下喜气洋洋，就在这时突然传来噩耗，举府由喜变悲，艺术效果十分强烈。这种强烈的艺术效果，就是运用铺垫手法取得的。在这里作者做了多层次的铺垫。第一，焦、孟首先上场，交待杨宗保阵亡，预示着悲剧的到来。第二，天波府庆贺宗保寿诞，各位夫人向柴君主道贺，一派欢乐景象。第三，焦孟二将报告宗保为国捐躯后，柴君主、穆桂英极度悲愤，但柴君主考虑到太君年迈，嘱咐暂时不让老太君知道，"此事一定要隐瞒好，也免得天波府地动山摇"。天波府表面上仍然是欢乐的，却笼罩悲剧气氛。第四，佘太君欢天喜地地上场，"为孙儿五十大庆摆酒宴，百岁人四代同堂喜心间"。酒席筵上，七夫人为焦孟敬酒，并要杨文广为桂英敬酒，"给父亲敬酒"，宗保不在，让穆桂英代饮等细节。这些欢乐场面的描写，使悲剧气氛更为浓烈。第五，老太君看出柴君主、穆桂英、焦孟二将"语言支吾，神情不定"，在她追问下，焦孟二将说出实情，悲剧气氛达到顶点，取得强烈的艺术效果，突出了忠烈杨门的爱国精神，显示了这种手法的巨大威力。另一种如同欲抑先扬正好相反，叫做欲扬先抑，运用得好，同样可以取得极好的艺术效果。比如京剧《淮河营》，写刘邦之子刘长，本为香宫赵妃所生，反认吕后为生母。刘邦死后，吕后专权，此时刘长镇守淮南，老臣蒯彻、栾布、李左车至淮河营，向刘长说明真相，劝其除吕扶汉。全剧运用欲扬先抑的铺垫方法，蒯彻的形象写得十分鲜明。剧本一开场就写李左车、栾布等人商议"说服刘长除吕扶汉"，但"刘长性情暴虐"，必须蒯彻前去方能说服。这一层铺垫，是介绍性的，侧面写刘长的厉害和蒯彻的舌辩才能。接下来写刘长帐下大中军金环的蛮横。三老来到淮河营，要求晋见刘长，金环阻挡，要他们交上"禀帖"。禀过之后，刘长传下命令，要他们三人"分作三班，报门而进"。刘长尚未出场，把他的虎威已经写足，进一步写出说服刘长是何等的艰巨！刘长上场，更加威风，"摆下枪林剑阵"，命三老臣分班而进。先传头班李左车。左车说明刘长是香宫娘娘所生，吕后用毒药害死赵妃。刘长大怒，将李左车绳捆索绑，囚了起来。又传二班栾布。栾布大耍滑头，不敢直言以对，只说李左车讲得是，这照样激怒了刘长，也被捆绑起来。戏写到这里已经铺垫得很高，刘长蛮不讲理，三位老臣囚架了两个，只剩下一个蒯彻，能不能说服刘长呢？蒯彻和前两位不同，见了刘长既不下跪，也不施礼，只说了一句"请了"。

刘　长　下站何人？

蒯　彻　姓蒯名彻字文通，高皇封过一字不斩舌辩侯，喏喏喏，就是我。

戏曲编剧理论与技巧　第四章　情节

刘　长　哪个问你的官衔!

蒯　彻　高皇封过,不得不讲。

刘　长　你进得准营,可知王法?

蒯　彻　王法治国!

刘　长　可晓得礼义?

蒯　彻　礼义传家!

刘　长　好哇,你既知王法礼义,自古臣子见君原有二十四拜,三
　　　　拜九叩,四起八拜,你进得准营衣冠不整,横目视君,是
　　　　何道理?

蒯　彻　不错,不错,凡为臣子见君原有二十四拜,三拜九叩,四
　　　　起八拜,方合道理。你是高皇的爱子,我是先王的旧臣,
　　　　况且我如今是告老封侯之人,到此乃一客位,你就该下位
　　　　迎接,那时节我必然恭恭敬敬,行起君臣大礼。你如今昂
　　　　然上座,怒目相视,反道我老蒯不参不拜,正所谓:不知
　　　　责己,只知责人也!

一席话把刘长说得语塞难言。蒯彻步步紧逼,问起栾布,李左车上囚
之事。

刘　长　嗯,便宜了他们!

蒯　彻　说什么便宜了他们,依我看来是该遭雷打!

刘　长　啊,哪个该遭雷打?

蒯　彻　就是你!

刘　长　啊!

110

〔刘长拔剑。

蒯　彻　请息怒，我有几句言语说与你听。

刘　长　讲！

蒯　彻　你且听道，想那栾布、李左车，乃是你父王驾下托孤的老
　　　　　臣，从长安至此，不过为你刘家江山社稷而来。说是，好
　　　　　好的款待；说得不是，也要送回长安。你如今将他二人上
　　　　　囚，犹如囚了高皇一般，岂不是该遭雷打！

刘　长　哎！胆大蒯彻，进得淮河营胡言乱语，你是该当何罪！

〔蒯彻笑。

刘　长　你为何发笑？

蒯　彻　我倒无有什么罪名，你头顶三行大罪，你可知道？

蒯彻随即列举了刘长的三大罪。你不察真伪，不辨是非，听了吕后片面
之言，说你叔父刘渊谋反，被你逼得拔剑自刎，其罪一也。你已经二十
多岁，又不接位，坐又不坐；让又不让，眼看炎汉江山要断送吕后之
手，其罪二也。淮河两岸本无人烟，你父王调来三千七百余户，规定养
子不当差，种地不纳粮，你如今行的是霸王兵，走一处灭一处，不来继
父志，反来丧父德，其罪三也。刘长听完三大罪，一一认下，当面向蒯
彻赔礼，释放了栾布和李左车，并备了半副銮驾将三人送出淮河营。这
出戏的情节用欲扬先抑的手法展开的，由远及近，一层一层地铺垫，最
后蒯彻与刘长进行针锋相对斗争，并说服了刘长，显示了蒯彻的舌辩才
干，展现出人物的精神面貌。铺垫中的欲抑先扬，或者欲扬先抑，基本
目的都是铺平垫高，从最高点降到最低点，使艺术效果十分强烈。这种
艺术方法，本身就富有夸张性，能够使人物性格非常鲜明，人物感情揭

示得充分，舞台气氛浓烈。突出体现了戏曲艺术"传神"的美学思想，因此成为戏曲艺术经常运用的表现手法之一。

第二，对比。对比的手法普遍运用在各种文学艺术作品中，戏曲运用这种表现手法的独到之处，在于戏曲按照虚实结合的艺术原则，通过人物性格的强烈对比，能凸显艺术形象。在戏曲中，运用这一方法，关键是对比得强烈，剧作者布局情节，必须在"强烈"上狠下功夫。像京剧《樊江关》中的樊梨花和薛金莲，作者刻画这两个人物，由于对比得十分强烈，因此人物性格突出，故事情节生动，成为京剧的优秀传统剧目。樊梨花识大体，懂道理，持重老练，处处想讨小姑子的喜欢，甚至薛金莲指着鼻子骂她，还是尽可能的忍让，至直忍无可忍，两人才动起武来，但经婆婆批评，薛金莲赔了个不是，她马上原谅了金莲，姑嫂重归于好。而薛金莲的性格却恰恰相反，她年幼娇纵，高傲好胜又蛮不讲理，硬说樊梨花发兵迟慢，出言不逊，把樊梨花的忍让看成软弱好欺，以致姑嫂反目；经过柳迎春的严厉斥责，她勇于向嫂嫂赔礼道歉，又表现了她天真可爱的一面。两个人物，两种性格，犹如红花绿叶，互相映衬，互相比较，经过细腻描写和有力的夸张，揭示得格外鲜明。对比的手法在戏曲中运用得相当普遍。《群英会》所描写的人物之间的斗智，就是智慧的对比；"草船借箭"一场，整个情节的布局，就是为了展现诸葛亮和鲁肃两个不同的性格。《淮河营》中的蒯彻和栾布也是对比，用栾布的胆怯和无能衬托蒯彻的果敢和才智。这一表现方法在戏曲里如此广泛地运用，是因为它容易发挥戏曲艺术的特长，可以按照虚实结合的原则对生活进行艺术加工，极力夸大人物的性格特征，使艺术形象对比强烈，从而达到"传神"的目的。

第三，悬念。悬念就是使情节能够吸引观众的一种艺术手段。一出戏必须有悬念，一览无余，看了头就知道尾的公式化的作品，观众是不会喜爱的。戏曲艺术的悬念主要是通过情节本身产生的，它很少像话剧那样，除了情节本身之外，还运用"抑制"或"拖延"的手法，就像顾仲彝教授所说的那样："重要情节的交待和重要性格的揭露必须一点一滴地流露出来，不能一泻无余，这样就造成全剧一系列的悬念和逐步的解答。"（见《编剧理论与技巧》）戏曲艺术一般不采用这种手段制造悬念，相反，它往往把重要情节迅速交待出来，造成人物感情性格产生的条件，然后再对感情性格进行深入揭示，至直揭深揭透为止。比如越剧《红楼梦》，老太太决定贾宝玉和薛宝钗结婚，这肯定是个重要情节，这个情节的交待，就不是"一点一滴流露出来"的，而是迅速决定的。在这里，作者的目的不是通过这个重要情节来造成强烈的悬念，而是为林黛玉临终前的焚稿和贾宝玉的哭灵创造条件。"焚稿"和"哭灵"是揭示两个主要人物感情的重要场面，如果这两场戏不能把人物的感情揭得深透，《红楼梦》一剧的感染力就要大大降低，甚至难以树立起来。戏曲艺术塑造人物必须把人物的感情性格写深写透，这个特点决定了戏曲情节必须迅速交待出来，一般不采用"抑制"或"拖延"的手法来制造悬念。戏曲产生悬念，主要靠情节的新奇。明清以来戏曲理论家们都主张情节新奇，就是这个原因。孔尚任说："排场有起伏转折，俱独辟境界，突如而来，倏然而去，令观者不能预拟其局面。凡局面可拟者，即厌套也。"（见《桃花扇》）我认为，在布局情节时只要做到"令观者不能预拟其局面"，这样的情节对观众就有吸引力，作为戏曲，一般情况下不必运用过多的艺术手段来制造悬念。

第四，吃惊。吃惊就是剧作者在布局情节时对观众严加保密，以便造成突如其来的意想不到的变化，使观众感到吃惊。这是话剧经常运用的一种艺术手段。苏联雅鲁纳尔的《在破旧的别墅里》，称得上运用这种艺术手段的代表作品。剧中人的名字是保密的，人物表上只有男他和女她。幕一拉开，男他，飞机工程师安德列夫走进一间破旧的别墅。他接到一封信，说他母亲有病，叫他到这里会见送信人。他见到一个女人，实际上是德国特务。那女人两次骗去了他的手枪，枪口对准了他，要他交出皮包里的文件副本。这两次都出乎观众意料之外，引起了吃惊。最后他说，枪里没有子弹，并自我介绍，他就是内政人民委员阿诺兴，扮成工程师是为了从女人口里问出间谍分子格列尔，这又是观众意想不到的。接着响起了汽车的声音，随后逮捕了这个女人。戏曲运用这种艺术手段一定要慎重。一般说来，戏曲只对某些剧中人保密，而不对观众保密。这是因为提炼戏曲情节，最重要的是构成人物感情性格产生的条件，并通过细腻描写，把感情性格揭深揭透，这个特点我们在前面已做过较详细的论述，这里不再赘言。情节对观众严格保密，难以造成这样的条件，构不成淋漓尽致地揭示人物感情性格的戏剧场面，艺术形象就难以树立起来。吃惊的手法和戏曲不对观众保守秘密的原则正好相反，因此，这个手法在戏曲中不占重要位置。这里所以要讨论这个问题，是因为一些年来，有些戏曲作者很喜欢运用这种方法，而按这种表现手法写出来的剧本，一般说来艺术效果都不甚理想。比如独幕戏曲《一颗五星扣》（见《湖南戏剧》1982 年第二期），整个剧本的情节，就是按照这一表现手法组织的，因此话剧味道很浓，戏曲特征没有得到充分发挥，主人公李振华比较概念，艺术质量受到严重影响。然而，在一出大戏里，在局部问题上运用这种方法，有时也能得到较好的艺术效果。比如《群英会》，周瑜用借刀计杀了蔡瑁、张允，原以为瞒过了诸葛亮，哪晓得他未卜先知，一见面就恭喜都督，贺喜都督，周瑜、鲁肃都目瞪口呆。这实际上是吃惊的手法。再如京戏《龙江颂》第六场，堵江之后江水上涨，常富跑到江水英家里吵闹，说干部不关心群众，在家里睡觉。他不顾阿坚伯的阻挡，冲过去就要敲门，正在这时江水英突然出现在他的面前。她是从后山察看水情回来，一夜没睡，表现了江水英极端负责的精神。这个情节是观众意料不到的而且是突如其来的，是戏曲中利用吃惊手法比较成功的例子。就整个剧本的结构说来，我认为戏曲艺术不宜运用吃惊的手法，但在一出大戏的局部用一下，也可以得到良好的艺术效果。

戏曲艺术表现手法很多，如重复、留扣子、丢包袱等，这些手法虽然也经常运用，但最重要的还是上面谈到的几种，其余手法就不一一介绍。

第五章　场景安排

戏曲结构从横的方面讲，就是场景的安排。本章除了研究戏曲在场子构成上的特殊性之外，同时也涉及包含情节和场景安排在内的整个戏曲结构中的一些问题。拟从五个方面论述。

一、从折到场的演进

我国戏曲文学始于宋元之际，至今约有八百年的历史。在这漫长的历史进程中，戏曲文学的发展大体可以分为元杂剧、明清传奇、清代地方戏和当代戏曲四个发展阶段。在这四个阶段中，戏曲剧本的结构形式起了巨大的变化，而从折到场的演进，则是戏曲结构变化的最基本的标志。我们研究从折到场的发展过程，从中寻求戏曲结构发展的某种规律，对我们今天从事戏曲创作，也许会有裨益。

元杂剧分折，一个剧本一般四折，有的配上一个楔子，所以通常说成四折一楔子，例外的较少。折，是一个大的段落，由一套北曲组成，近似话剧的幕。分折的依据，既考虑到故事情节的段落划分，更受到音乐上联套的严格制约。所谓联套，就是按照一定规律把隶属于同一宫调的曲牌联缀起来，构成一套曲子。楔子，就是我们平常说的加塞子，意思是四折之外又加进去的内容，任务是完成四折之内容纳不下而又必须交待清楚的情节。元杂剧四折一楔子的结构形式，和短小简单的金院本相比，是一个大的跃进。但是，元杂剧以音乐为主要根据的分折原则，对情节的布局和人物感情、性格的揭示，都有很大的影响，局限性是明显的。另外，加上正末或正旦一人主唱，往往使这种局限性更为突出。如纪君祥的《赵氏孤儿大报仇》，五折一楔子，虽然突破了四折的框架，而仍旧不能弥补以音乐为依据进行分折所带来的局限性。该剧各折的内容如下：楔子部分，介绍屠岸贾施用阴谋害死赵盾，并假传晋王旨意逼死赵朔；第一折写程婴进宫盗取孤儿，韩厥自刎身亡；第二折程婴和公孙杵臼商议拯救孤儿；第三折屠岸贾杀死假孤儿，公孙杵臼撞阶身亡；第四折程勃观画，程婴说明孤儿的身世；第五折孤儿拿住屠岸贾，剐三千刀大报冤仇。本剧前三折写得有声有色，相当成功，而四五折平淡无奇，恰恰暴露了元杂剧结构上的弱点。第四折程婴向孤儿说明身世的情节是非要不可的，但是，这个情节只是复述已经表演过的内容，按理说用极为简练的方法介绍一下，也就足够了，而由于元杂剧分折的限制，一定要唱完一套曲子，不得不把这个内容写成完整的一折。这就要小题大作，尽管作者花了很大的力气，也写出了一些颇有感情的念白和唱词，而总地来说，这折戏写得冗长、拖沓，在结构上是不成功的。第五折也有类似的问题。关汉卿的《单刀会》结构也不完整。该剧第三折关羽出场，前两折写鲁肃的计谋，从侧面介绍关羽。这种结构受到当今一些专家的交口称赞，实际上是溢美之词。是剧前两折没什么内容，硬构成两折戏，是为了凑满四折，结构是不成功的。这样说，决不是苛求古人，只是想证明四折一楔子的结构，按音乐分折的原则，相当刻板、呆滞，不宜于情节的布局和人物的刻画，有难以逾越的缺陷。关于这一点，明人臧晋叔在评论元杂剧时早已指出："虽马致远、乔梦符辈，至第四折往往强弩之末也。"（见《元曲选序》）这个结论，指出了元杂剧在结构上普遍存在的问题，见解是精辟的。

明清之际，传奇盛行于世。传奇分出。出，也近似话剧的幕。传奇结构一般规模较大，短者二三十出，长者四五十出，汤显祖的《牡丹亭》长达五十五出之多。传奇在结构上也有固定格式。第一出叫"副末开场"，副末不是剧中人物，职责是介绍剧情和作者的创作意图。传奇一般又分为上下两部。上部结束时叫"小收煞"，全剧结尾叫"大收煞"，基本上都是以大团圆收场。明清传奇和元人杂剧相比，在结构上有两个突出的优点。第一，传奇分出的原则，主要以故事内容为根据，联套的方法远不像元人杂剧那样严格，而且各种角色都可以唱，这比元杂剧以音乐为根据的分折方法要灵活得多。第二，突破了四折一楔子的限制，可以描绘更多的画面，有利于情节的布局和人物性格的刻画。明人徐元根据《赵氏孤儿》改编的《八义记》，全剧分四十一出，第三十二出"韩厥死义"，只唱了一曲"梁州令"。这一出的内容即元杂剧《赵氏孤儿》的第一折，那一折由正末扮韩厥，唱了一大套，共有十一支曲子。第四十一出"报仇团圆"，包括观画，杀死屠岸贾，孤儿与父母团圆等情节，内容比《赵氏孤儿》四五两折还要多。由于传奇分出比杂剧分折要灵活一些，总地说来传奇的情节布局和取舍较杂剧更合理，这是戏曲文学的又一进步。但是，传奇的结构也有缺陷，主要有二：其一，平铺直叙，冗长拖沓；其二，副末开场、冲场、大小收煞等，实际上都是套子；而曲牌的联缀虽然比元杂剧灵活，但仍然有一定的限制。由于传奇在结构上存在着缺陷，最晚在明朝万历年间，舞台上不再敷衍全本，扮演者只把一本传奇中最精彩的几出搬上舞台，这就是我们常说的折子戏。到了清朝中叶，折子戏蔚然成风，成为舞台演出的主流。折子戏盛行的原因很多，而传奇结构上的冗长，不能不说是主要原因。随着社会的发展，人们的审美观念的变化，传奇的冗长演出，不再适合广大观众的胃口。为了适应这一新的情况，李笠翁曾经提出一个剧本两种演法的构想，也就是他说的"缩长为短"的方法，即："取其情节可省之数折，另作暗号记之，遇情闲无事之人，则增入全演，否则拔而去之。此法是人皆知，在梨园亦乐于此。但不知减省之中，又有增益之法，使所省数折虽去若存，而无断文截角之患者，则在秉笔之人，略加之意而已。"（见《闲情偶寄》）然而，李笠翁的药方，也不能根治传奇的病症，至清朝中叶，盛行了三四百年的传奇又被新兴的地方戏所取代。

地方戏出现在明朝末年，于清朝中叶发展起来。杂剧、传奇都是联曲体的，地方戏剧种多数是板腔体的，一部分剧种以板腔体为主兼用一些曲牌，这种新的演唱形式，完全打破了联套的束缚。舞台演出的发展，促进了戏曲结构的变化。地方戏采用分场的形式。人物上场后再下场，舞台上没有登场人物，叫做一场。分场原则，不再受音乐的制约，只根据情节的内容来划分。而且，一般说来，在一场戏中主要描写一个内容，事件比较集中、单一。川剧《拉郎配》共九场戏，第一场"接榜"，写皇帝选美的圣旨到达钱塘县。第二场"托媒"，有女儿的家长寻求媒人，匆匆为自己的女儿定亲。第三场"文拉"，王夏把李玉拉到家里，迫其同自己的女儿结婚。第四场"越墙"，李玉不满王家婚事，越墙逃走。第五场"武拉"，李玉逃后，被迫又与张彩凤成亲。第六场"官拉"，差役拉走李玉，县官准备招其为婿。第七场"闹家"，王夏，张宣去李家讨娶女婿，与李母争执起来。第八场"闹街"，王夏把男装的张彩凤权当女婿，带进县衙。第九场"闹衙"，王夏、张宣、李毋大闹县衙，李玉同张彩凤结为夫妇，其余美女均被送走。晋剧《打金枝》共三场，也是每场写一个内容：第一场公主被打，第二场公主进宫告状，第三场唐王加封郭暧。这种每场戏以写一个内容为主的方法，早在明传奇中已经初步形成。《玉茗堂批评红梅记》第二十一出"怨聚"，先写李子春欲为贾似道祝寿，要郭稚恭"出锦轴银一分"，被郭氏厉言斥出；继写裴禹会见郭稚恭，并叙述了李慧娘的故事。一出戏写两个内容。汤显祖对此提出异议，在总评中质问道："此折中有二件事，觉零碎否？"这话的意思是说，一折戏中不应写两件事。应当强调指出，这里所说的一场戏中主要写一个内容，并不是只能写一件事。一场戏中为了照顾前面，启迪后面，这事和那事必须的交代和铺排，是非要不可的，否则，情节就不能联贯，剧情就不能发展。至于汤显祖所反对的一场内写两件事，是指在一场戏内的两件事不分主次，平行描写而言。像"怨聚"那出一样，戏就会"零碎"，就会失去戏曲的特色。戏曲这种一场一事的原则，可以使场子灵活自由，是有许多优点的。优点之一，地方剧种采取板腔体的演唱形式，彻底打碎了联套的束缚，一场戏的唱段没有固定的数目，完全根据剧情的需要灵活掌握，一些交代情节或者不能深刻揭示人物感情性格的场子，描写可以从简不必再硬凑成一套完整的曲子。而那些能够充分揭示人物感情、性格的场子，可以调动唱念舞各种艺术手段，把戏写足，直至把人物的感情、性格写深、写透。优点之二，这种灵活的分场原则，一场戏主要写一个事件，一个事件接一个事件，可以使情节联贯，脉络清楚，没有间断的痕迹。这不仅符合戏曲布局情节的传统，也符合我国广大观众的欣赏习惯。优点之三，一般说来地方戏的结构比较简单，不像传奇那样冗长，也没有那么多芜杂的场面，是戏曲结构又一次大的进步。但是，地方戏的结构也有缺点，因为场子灵活，往往过场戏太多，零零散散，致使整个剧本结构松散。这样的结构，已经不符合今天观众的审美需要，是应当改进的。

我们回顾了戏曲文学从折到场的发展历史，从中可以看出，戏曲的结构是不断变化的。因此那种固步自封，不求变革的观点是错误的，不利于戏曲发展的。同时我们还看到，戏曲文学从折到场的演进，戏曲结构的变化，并不是简单的分折和分场的不同，而是戏曲艺术从低级形式向高级形式发展的过程。而在这个发展过程中，促使戏曲结构变化的主要因素，不是情节或其他，而是场景的增减和取舍。借鉴历史经验，可以减少或避免某些盲目性，有助于戏曲改革的顺利进行，从而推动当代戏曲的发展。

何谓当代戏曲？20世纪初话剧传入中国之后，对戏曲艺术产生了深刻影响。灯光布景的应用，镜框式舞台的采取，正确地吸取了话剧的某些编剧和演剧理论，给戏曲艺术灌注了很有价值的营养剂，促进了戏曲的改革和发展。在话剧的影响下，今天的戏曲舞台上已经出现了一批崭新的剧目，这些剧目不仅保持了戏曲艺术歌舞传神的基本特征，而且在剧本结构和演出形式上都有一些新的突破，这样的戏曲，就是我们所说的当代戏曲。当代戏曲剧目，和浩如海洋的传统剧目相比，还少得可怜。数量上虽然不多，但却代表了戏曲发展的方向，标志着戏曲艺术跨入了一个新纪元、新的发展阶段。而随着时间的流逝，终会蔚为壮观，和元人杂剧、明清传奇、清代地方戏一样写进中国戏曲的发展历史。

当代戏曲的文学剧本结构，从一些比较成功的剧作来看，都继承了地方戏分场的优良传统，保持了灵活、简练的分场方法，同时又做了适当的集中，扬弃了地方戏中过场太多的不足，使剧本结构更加完整。现代京剧《红灯记》，蒲仙戏《春草闯堂》，越剧《西厢记》等，都具有这样的特点。然而，当代戏曲是个新生儿，正在成长、壮大和发展的过程中，目前尚不完善，无论文学剧本还是舞台艺术，都有许多矛盾没有解决，或者解决得不太理想。就剧本结构而言，在场景安排上，我们经常看到两种毛病。第一，为了用景方便，多选择固定空间，流动空间逐步减少，甚至弃而不用。第二，场子过分集中。场子集中是当代戏曲的一大优点，但有些剧目过分集中，在同一个场景里。一批人下去一批人上来，过来过去，和拉洋片差不多。这样容易造成情节的不自然，不流畅，而且，一场戏里写几个事件，必然要分散笔墨，难以把每个事件的戏都写足，人物感情性格势必不能写深写透，戏曲唱念舞的特点也就难以充分发挥。场子不可分散也不能过分集中，一出大戏里应当以多少场为宜呢？这不能一概而论，主要由剧本的内容来定。但从一批成功的剧作来看，大体以十场左右为善。越剧《梁山伯与祝英台》十三场，《西厢记》八场，昆曲《十五贯》八场。京剧《杨门女将》十一场，《红灯记》十一场，《智取威虎山》十场，秦腔《游龟山》七场，川剧《拉郎配》九场，《乔老爷奇遇》八场，蒲仙戏《春草闯堂》八场，还有一些优秀剧作，大体也是如此。李笠翁在《闲情偶寄》里谈到传奇作品"缩长为短"时曾说："另编十折一本，或十二折一本之新剧，以准备应付忙人之用。"李氏用来应付忙人的新剧，与当代戏曲创作实践相吻合，可见十场左右是合理的。

二、重点场子和一般场子

戏曲的场子，还有重点和一般之分。昆曲《十五贯》共八场，第一场娄阿鼠杀死尤葫芦，第二场苏戌娟路遇熊友兰，第三场过于执错判，第四场况钟发觉冤情，第五场连夜拜见都堂，第六场到苏戍娟家调查研究，第七场访鼠，第八场平反冤案，其中"判斩"、"见都"、"访鼠"三场是重点场子，其余五场是一般场子。重点场子和一般场子是根据什么原则划分的？重点场子和一般场子的基本任务都是完成人物塑造，集中全力直接揭示人物感情性格的是重点场子，为重点场子做准备的，叫一般场子。越剧《梁山伯与祝英台》"楼台会"一场，情节很简单，这个时候祝英台已经许配马家，悲剧已经构成，梁山伯从高度喜悦，降为极端的悲痛，剧作者不惜用最大篇幅，展现了一对情人的哀苦和愤恨，情感沁人肺腑。《三堂会审》，写三个官吏审问一个跪着的犯人，没有复杂的情节，以近似白描的手法，写出了王金龙内心深处复杂的心理活动和感情。《拾玉镯》、《鸿雁传书》、《贵妃醉酒》、《秋江》、《情探》、《评雪辨踪》、《探寒窑》、《三上轿》等，都是用最简练的手法。使情节迅速展开，集中力量刻画人物，哪一出戏不是揭示人物感情性格的？我们常说，戏曲的特点是"有话则长，无话则短"。所谓"有话"，就是指揭示人物性格和感情。这个方面，戏曲绝对不惜笔墨，往往是反复咏叹，一直把人物感情全部揭示出来为止。记得有一次看越剧《碧玉簪》演到"三盖衣"，李秀英内心激起巨大斗争，欲盖又止，反反复复，有位年轻观众惊奇地说："哎呀！盖件衣服这么难！"岂不知这正是戏曲的特点、优点，唯独如此，人物感情才能发挥得淋漓尽致。"无话"系指剧中非要不可而又不能有力展示人物感情的那些内容，即剧情发展所必须的情节铺排，人物关系的交待，等等。对于这些，戏曲常常是一笔带过，不做过多渲染。王骥德说，剧中紧要处，"须着重精神，极力发挥使透"，不可"草草放过，"而"若无紧要处，只管敷衍，又多惹人厌憎"（见《曲律》）"紧要处"，即"有话"的地方，也就是重点场子，必须"着重精神极力发挥"，把人物感情性格写出来。

重点场子和一般场子之间的关系如何？重点场子是一出戏的核心。不可能招之即来，也不可能任意规定那场戏是重点，那场戏就会自然地成为重点，只有经过必要的情节交待和铺排，才可能收到水到渠成之效，组织起重点场子。完成必要的交待和铺排的场子，是一般场子。从这个意义上讲，一般场子是为重点场子做准备的。这里仍以《十五贯》为例，说明这个观点。此剧第四场"判斩"，写况钟思想上的激烈斗争，是一场重点戏。这场戏决不是顺手拈来一挥而就的，它是在前三场铺排的基础上形成的。前三场敷衍了苏戌娟外逃，尤葫芦被杀，众邻里把苏戌娟和熊友兰送官衙，过于执错判等，这些铺垫，尤其是第三场的"错判"，是"判斩"这场戏的前提，没有这样的前提，就没有这场重点戏。正因为错判，而且作为监斩官的况钟发现了这种错判，要不要翻案，要不要为民请命，这才可能引起况钟思想上的激烈斗争，写出一场光彩夺目的好戏。该剧第五场"见都"也是重点场子，第四场和第五场之间，没有一般场子过渡，只用了极为简短的语言，自然地转到了第五场。

况　钟：呀！（唱）

奉上命，五更斩囚，

现已近三更；

翻案复查恐难成，

好叫我，一时无计，

心不宁！

（心中焦急异常，思考）

哎，既遇冤情，理当相救，为民请命，何必犹豫！

（向刽子手）将囚犯带下去！

（刽子手无可奈何地带兰与娟下）

况　钟　来！（门应）取我素服印信，掌起明灯，随我前往辕门，面
见都爷！

　　四五两个重场戏之间的过渡很简单，这是因为两场戏的情节比较联
贯，不需要过多的铺排。从第五场"见都"到第七场"访鼠"，两场重
点戏是由第六场"疑鼠"连接起来的。况钟在苏戌娟家里，发现了半贯
铜钱和一盒灌了铅的骰子，引出了怀疑对象娄阿鼠，而娄阿鼠是不是杀
人凶犯，还不能做出最后判定，这才有"访鼠"一场戏。"访鼠"之后，
况钟有了真凭实据，接下来是"审鼠"，案情大白，全剧结束。由此可
见，重点场子和一般场子是互为条件的，重点场子是一般场子的发展结
果，一般场子是重点场子的必要准备。没有一般就没有重点，没有重点
场子人物的感情性格就写不深透，戏就树不起来，一般场子也就失去了
意义。我们撰写剧本，要着意写好重点场子，尽可能减少一般场子，但
重点场子一定要有个酝酿、准备的过程。因此，完全消灭一般场子，也
是不可能做到的。

　　重点场子的布局，在戏曲结构中占着特别重要的地位，对戏曲结构
的完整性起着决定性的作用。一般说来，一出大戏必须有两场以上的重
点场子，否则就支撑不住。越剧《梁山伯与祝英台》十三场戏，第四场
"十八相送"，第八场"楼台会"，第十一场"吊孝哭灵"是重场戏；河
北梆子《秦香莲》的三场重点戏"琵琶词"、"杀庙"和"铡美"，分别
布局在上半部、中间和结尾。这样的布局，可以使情节起伏跌宕，场子
冷热相济，人物感情呈波浪式地发展。整个剧本的结构，才可能完整严

密。重点场子犹如顶梁的立柱，缺少不得，有的剧本平淡无奇，观众看了乏味，往往是没有或者没有写好重点场子的缘故。还有的剧本前松后紧，或者前紧后松，这种结构上的松散，多数是重点场子布局上不合理造成的。京剧《四进士》，现在的演出多从宋士杰打抱不平救了杨素贞开始，接下来是鸣冤告状。一公堂、二公堂、三公堂，这三场重点戏把剧本支撑起来，全剧结构比较完整、紧凑。但也有的剧本从双塔寺毛朋、顾读等四进士明誓开始，接下来写田氏毒计害死姚庭梅，杨素贞被骗，柳林写状等情节，结构上就显得前松后紧。原因是从双塔寺明誓到杨素贞信阳州告状，这许多场戏都是情节的铺排，没有写出触及人物灵魂深处的重点场子。剧本的前紧后松，道理一样，是由于后半部没有或者没写好重点场子。京剧《周仁献嫂》就是这样。此剧共九场，第一场写严嵩害死杜宪，又将其子杜文学发配边疆，而大管家严年强迫周仁献上杜文学的妻子，给他为妾，属于情节的交待，是一般场子。第二场，写周仁离开严府的回家路上，要不要献上仁嫂，思想上产生了激烈的斗争，是重点场子。第三场，周仁之妻冯素惠，愿代盟嫂上轿，伺机刺杀严年，夫妻生离死别，十分感人，又是重点场子。第四场，洞房之夜，凤承东强拉周仁去严府吃喜酒；吃酒之际，严年起身要去洞房和周仁妻睡觉，周仁心如刀绞，而在凤承东面前又要装出喜悦的样子；洞房内，周妻正在刺杀严年，与奸贼展开殊死搏斗；此时的周仁，怕妻子吃亏，更怕严府识破真相，内心深处的悲痛、愤恨和惊怕，集中在一起，这又是一场重点戏。第五场，周仁埋葬了妻子，凄凉地回到家里。第六场，邻里王四公出于义愤，错打了周仁。第七场，杜文学在充军途中遇到海瑞，在边疆立了战功。第八场，海瑞回京参倒严嵩，杜文学袭了父职。第九场，杜文学杀了严年，错打周仁，后王四公说明真相，杜氏夫妻团圆。这出戏前半部有三场重点戏，后半部，即第五场之后，没有组织起重点场子。六、九两场戏，分别写了王四公和杜文学错打周仁，剧作者似乎想把周仁的感情再次推上一个高峰，但实际上没有达到这种效果。这是因为周仁被打，建立在误会基础上，这一点观众明白，周仁也明白。这种误会，在周仁的内心深处，不可能产生巨大的感情激流，尽管剧作家都做了巨大努力，仍旧构不成重点场子，致使全剧后半部的结构松散。由此可以看出，剧作者在提炼情节，划分场子时，一定要考虑到重点场子布局得匀称、合理，犹如《梁山伯与祝英台》、《秦香莲》等剧那样，前后半部都要有重点场子，这样可以使场子有冷有热，始终吸引着观众。

三、重点场子的构成

重点场子在构成上，也有它特殊的规律。这个问题十分重要，必须花费笔墨，认真探讨。为了便于说明问题，还是让我们从具体作品入手。《梁山伯与祝英台》"十八相送"，久为人们所熟悉，不妨仍以这场戏为例。梁祝同窗三载，英台深深爱上了忠厚的梁山伯，但慑于双亲严命和具体的历史条件，她不敢也不可能向梁兄直接吐露爱情。在归乡的路上，她难以遏制内心炽热的情感，借题发挥，多方暗示自己的女性身份，下面是这场戏的摘录——

梁　但只见山上樵夫将柴砍……

　　　打柴度日也艰难。

祝　他为何人把柴打？

你为何人送下山？

梁 他为妻子把柴打，

我为你贤弟送下山。……

祝 凤凰山上百花开，

梁 缺少芍药共牡丹。……

祝 我家有枝好牡丹，

梁兄要摘也不难。

梁 你家牡丹虽然好，

可惜是路远迢迢摘不来。

祝 青青枝叶清水塘，

鸳鸯成对又成双。

梁兄啊，英台若是红妆女，

梁兄愿不愿配鸳鸯。……

银 前面到了一条河，

四 飘来一对大白鹅。

祝 雄的便在前面走，

雌的后面叫哥哥。……

梁 愚兄扶你过桥去，

祝 你我好比牛郎织女过鹊桥。……

梁 过了一庄又一庄，

庄内黄狗叫汪汪。

祝 不咬前面男子汉，

偏咬后面女红妆。……

梁 井水深浅不关情，

　　　　　还是赶路最要紧。

祝　你看井里两个影，

　　　一男一女笑盈盈。……

梁　见你这般盼妻房，

　　　罚你削发做和尚。

祝　要做和尚梁兄做，

　　　我做尼姑落庵堂。……

梁　观音堂，观音堂，

　　　送子观音坐上方。

祝　观音大士来做媒，

　　　来来来，我与你双双来拜堂。……

　　上面的摘录告诉我们，这里尽管用了牡丹、鸳鸯、白鹅等八九个比喻，而每个比喻，都暗示英台是女性这个相同的问题，抒发英台对梁兄的爱慕这种相同的感情，在揭示人物感情上是个反复。我们还可以看到，人物感情的色彩不是平铺直叙的，而是递进的，逐渐激昂的。英台的第一个比喻，是问山伯"他为何人把柴打？你为何人送下山？"语句非常含蓄。第二个比喻，"我家有枝好牡丹，梁兄要摘也不难"，语句稍微明朗一些。但仍旧是含蓄的。而在过河的时候，英台的感情前进了一步，唱道"你我好比牛郎织女过鹊桥"，正是明显的暗示。在观音堂里，分首在叩，英台感情奔放，竟拉山伯"双双来拜堂"，思想感情升华到顶点。近于直接说出是个女性，只是憨厚的梁山伯不能够领悟。这种人物感情的反复和递进，为之起个名称，叫作人物感情的激化。另外我们还看到，这八九个比喻之间，并没有因果的关系，也缺乏有机的结合，从剧本结构上来看，删去或增加几个，都是允许的、可能的。例如从九个比喻中砍掉"不咬前面男子汉，偏咬后面女红妆"。或者别的比喻，戏的结构不受什么影响，只是减弱了人物感情的深度。同样，九个比喻之外，再增加几个，也是行得通的。川剧《柳荫记》有一个以双棺作比喻的例子，摘录如次——

祝　梁兄，观见那旁有座坟墓，为什么双碑显立？

梁　想必此坟是夫妻二人合棺而葬。

祝　你我弟兄，将来死后也可合葬吗？

梁　我们乃是弟兄，又不是夫妻，要不得！

祝　要得！要得！

如果把这个比喻加以改动，编成唱词，移植到越剧"十八相送"中来，对这场戏结构的完整性，是丝毫没有妨碍的。就这是说，从结构上讲，这些比喻是可增可减的，各自独立的。然而，它们又不是一片散沙，而是有内在联系的整体。是什么把它们联接起来？是人物感情，是人物感情这条绳索把这许多比喻串联在一起，这好像一盘散乱的珍珠，用一根绳子联结起来，就是一条有机的珠串。由此我们看到，感情的激化，是写作目的；一组比喻的运用，是激化人物感情的基本手段。这就是构成"十八相送"的主要方法。

"十八相送"的构成方法，并不是个别现象，而是构成戏曲重点场子的共同规律。昆曲《十五贯》"判斩"，写况钟要不要为民请命，也是用一组细节或较小的事件激化人物感情的。他三次举笔欲判，那支笔始终没能落下。第一次，犯人高声喊冤，经过调查，是一起冤案、错案。但是，业已三审六问，况且部文已下，翻案已不可能，他第二次欲判。当他拿起笔来，思想激起巨大的斗争，"这支笔千斤重，一落下丧二命"。决不能草菅人命，他要刽子手把囚犯暂押堂下，等候发落。然而他是监斩官，五鼓必须斩囚，否则将受到刑律制裁，加上刽子手们竭力反对，他第三次举笔欲判。人命关天，这时犯人的乞求声，勾起他更强烈的思想斗争。斗争的结果，使他冲破了个人得失，决定承担一切后果，连夜拜见都堂。这场戏所以激动人心，就是作者抓住况钟内心深处的矛盾，反复歌咏，一步一步激化，而促使人物感情激化的细节，如部文已下，五鼓斩囚等，也没有直接联系和因果关系，同样，这些细节也是可增可减的。现在的写法，况钟思想上斗争三次，如果删去或者增加一个细节，让况钟思想上斗争两次或四次，戏的结构仍然是完整的，这些都和"十八相送"是完全相同的。再如折子戏《秋江》，老艄翁看出了陈妙常的心事，想开个玩笑，故意拖延开船的时间，先是假意抬高船价，继而要回家吃饭，好容易等到开船，又特意不解缆绳，如此反复多次，把陈妙常追赶潘必正的心情，细微地勾勒出来。这里的抬高船价，回家吃饭，不解缆绳等细节，也是没有因果关系的，可增可减的。陈妙常感情的激化，就是由这些可增可减的细节来完成的。这种构成方法，不仅文戏重点场子如此，甚至优秀的武打戏也不例外。《三叉口》、《十字坡》的武打，分为对刀、对拳等几个层次，打得一浪高一浪，一层比一层激烈。剧中人物的性格、感情、本领，都在这些回合的格斗中体现出来。这些回合的武打所起的作用，和"十八相送"的比喻是相同的。根据我们的分析，似乎可以得出这样的结论：重点场子的构成，是用递进的方法，逐步激化人物感情、强化人物性格的，而人物感情的激化和性格的强化，则由一组可增可减的细节或者较小的事件来完成。这就是戏曲重点场子的基本构成方法，也是它独特的地方。

重点场子有个特性，当故事展开之后，用一组可增可减的细节或较小的事件来揭示人物感情性格时，这时候的故事情节处于相对静止状态，起码进展极为缓慢。比如黄梅戏《天仙配》第七场"柳荫别"，董永赎身之后，在和七仙女回乡的路上，突然天庭响起鼓声，玉皇大帝传出旨意，命七仙女"午时三刻，返回天庭，如若不然，定派天兵天将捉拿于你，并将董永碎尸万段"。要不要回转天庭，七仙女思想上激起了狂风巨浪。不回去是不行的，自己将被强行捉走，董永也会被天将残杀；回去吧，实在舍不得刚刚结婚百日的丈夫。这样简单几笔就展开了情节，创造了揭示人物感情的条件。接下来是深入揭示人物感情性格，而全剧的故事情节，至此却处于相对静止的状态。七仙女知道夫妻即刻就要分别，内心无限凄苦，但又怕董永伤心，"满脸苦愁难出口"，把话憋在肚子里。她借口怀有身孕，行走不便，要董永搀扶她。实际上是利用即将离别的短暂时间，再享受片刻人间夫妻生活的快乐。他们来到当初结亲的老槐树下，七仙女要董永拜谢媒人，并给董永"两块银子"，"一束丝线"，暗示将要离别，要董永自理生计，说罢泪如雨下。董永不解其中之意。七仙女进一步暗示，说自己要上天，要回娘家，并用金钗画了一双鸳鸯，她自己把雌的赶上天去，董永却不能把雄的赶上天。这时离午时三刻越来越近，七仙女才说出"为妻乃是一仙女"，父王"命我午时三刻上天"，董永听了如晴天霹雳，悲伤欲绝："玉皇玉皇是何意？何苦要夺我的妻？"他要找"主婚之人来说理"，请求媒人老槐树把妻子留下。恩爱夫妻活活拆散，两人共同发出悲愤的哭诉——

七仙女 （接唱）恩爱夫妻难分手，

看看红日已当头。

午时三刻就要到，

董　永　（接唱）拉住娘子不肯丢。

七仙女　（接唱）非是你妻愿上天，

父命上天我实难留。

董　永　（接唱）夫也难来妻也难，

七仙女　（接唱）夫妻两难共一般。

董　永　（接唱）夫难好比龙离水，

七仙女　（接唱）妻难好比虎下山。

　　此时天庭鼓乐齐鸣，董永昏倒在地，七仙女飞升上天。从七仙女得知父王的命令，到她飞回天庭，是这场戏的主体，占去了绝大部分的篇幅。这里所描写较小事件或细节，如董永搀扶七仙女，拜谢媒人，留下银子丝线，赶鸳鸯上天以及离别前的哭诉等，都是用来揭示人物感情性格的，对全剧的情节发展没有直接的推动作用，此时的剧情基本上是静止的，直到七仙女的飞升，情节才有所发展。

　　重点场子的构成方法，突出地体现了戏曲艺术的基本特征。剧情相对静止，用一系列可增可减的较小事件或细节，逐步激化人物感情或强化人物性格，完全体现了戏曲艺术人物塑造的原则和"传神"的美学思想。同时重点场子还充分发挥了戏曲艺术唱念舞的形式特点。通过唱念来揭示人物感情性格，是显而易见的。除了由武打组成的重点场子，都离不开唱念，尤其是离不开唱。《十五贯》的"判斩"，《红楼梦》的"宝玉哭灵"等，无不如此。其实，只有真正触及到人物感情，才能够舞起来。尤其是表现人物情绪的舞蹈，才能得以充分发挥，在流动空间里，容易发挥舞蹈的特长，像《玉簪记》"秋江"、《春草闯堂》坐轿子那一场。虽然唱念舞有机地结合在一起，而舞蹈的作用却极为突出。就是在固定空间里，许多戏的重点场子也同样发挥了舞蹈巨大的作用，《情探》中的"阳告"，敫桂英接到王魁的休书，悲愤之情冲天而起，她质问海神，质问小鬼，唱念的同时，配以种种身段。那些优美而又准确体现人物感情的动作，水袖的运用，寻找自缢的地方所跑的圆场，这些都是舞蹈，都是表现人物情绪的舞蹈。舞蹈是表现人物感情的，重点场子这种特殊的构成，最能深刻地揭示人物感情，因此也最能体现戏曲艺术载歌载舞的特点。

重点场子突出地体现了戏曲艺术的基本特征，能够把人物的感情性格揭深揭透。反过来说，如果不采取这种特殊的构成方法，重点场子就难以组织起来，剧本的艺术质量要受到严重影响。这样的剧作在我国戏曲史上和目前的作品中是不乏其例的，甚至名噪一时的优秀剧作也有这样的缺陷。如孔尚任的《桃花扇》，就没有组织成出色的重点场子。

重点场子的构成方法，表现了戏曲结构的特殊性，这方面和话剧大相径庭。用一组可增可减的一般没有内在联系的较小事件或细节，逐步激化人物感情，这样的结构方法根本不适合话剧的结构。仍以前面分析过的《天仙配》"槐荫别"为例说明。七仙女得到玉皇的严命，她怕董永经不住离别的沉重打击，就把痛苦强压在自己心里。她要董永搀扶着，去拜谢媒人老槐树，留下银子丝线等。如果说这细节尚能构成话剧，那末七仙女说出午时三刻必须飞回天庭，两人的感情像火山一样喷发出来。那样强烈的感情，仅仅用话剧的对白，是无论如何难以胜任的。而这样的场面，恰恰最能发挥戏曲艺术的特长。还有许多戏曲剧本的重点场子，只有一个登场人物，有的虽然不是一个人物，而着重描写的仍然是一个人物，其他人物都是陪衬。比如《牡丹亭》"寻梦"，《宝剑记》"林冲夜奔"，《宇宙锋》"修本"等，都是运用戏曲重点场子的构成方法，通过唱念舞，细致而深刻地描绘人物。这些剧本，话剧更加无法表现，用独白演出"寻梦"或者"林冲夜奔"，没人要看。有的话剧本子，的确用了大段独白来揭示人物的内心冲突，但这样的剧本同戏曲相比，总觉得人物感情揭示得还不够深透，味道还不那么浓烈。俄国著名戏剧家奥斯特洛夫斯基的《大雷雨》，有一场戏写卡特丽娜要不要私会鲍里斯，她手里拿着开花园门的钥匙，鲍里斯在外面等她，思想上展开了激烈的斗争。念了大段独白。这段独白很长，摘要如下：

　　（她凝望着钥匙）我扔掉它吗？当然，我应当扔掉它。为什么它会落到我手上来呢？来引诱我，来害我吗？（她倾听）有人来了，我的心只是扑通扑通地跳。（她把钥匙藏到她的口袋中去）没有，没有人来！干吗我这样害怕？我把钥匙也藏起来了。对啦，这就是那扇门上的钥匙！命运明明这样注定的。我只要远远地看他一次，这有什么罪过呢？就是我跟他讲话，这又有什么要紧呢！可是我对我丈夫是怎么起誓的？但是他自己并没有叫我起誓。也许我一生里再也不会有这样的机会。那时候我就会这样埋怨我自己："不会利用机会。"我在说什么呀？干吗我要骗我自己呢？就是死，我也要见他。我在骗谁呢？我难道要把钥匙扔掉吗！不，随便怎么也不死！它现在是我的了，不论什么事发生，我还是要见鲍里斯！哦，黑夜啊，你早一点儿来吧！

这段独白，详尽地写出了卡特丽娜思想斗争的过程。就话剧来说，是非常成功的。但是如果和《思凡》中小尼姑的思想斗争过程相比，显然还不够细腻，表演上更加单调。假如把这段独白改成戏曲，像戏曲重点场子构成那样，设计一组事件来激化人物感情，通过唱念舞，可以肯定地说卡特丽娜的思想斗争过程能够表现得更加充分，人物感情揭示一定比现在还要强烈。应当指出，这么说毫无贬低话剧的意思，也不想比较戏曲和话剧何者优劣，两者是不同的戏剧类别，各有自己的艺术特点，也各有短长，决不可以用此之长比彼之短。这里只想说明，两种不同的戏剧类别，在结构上也不尽相同，不可互相照搬。

四、场景与情节的关系

场景的安排和情节的提炼，从根本上说是一回事，都是为揭示人物感情性格服务的。前面讨论情节的提炼时曾经谈到，要捕捉那些最能揭示人物感情性格的情节，要设计一种特定的人物关系和一个能够揭示人物感情性格的事件，从而完成人物塑造。一般场子和重点场子的关系，体现了戏曲艺术组织情节的这些特点。一般场子的重要任务，是介绍特殊的人物关系，为设计一个能够揭示人物感情性格的事件做好准备。一般场子所进行的这些必要的铺垫，使人物感情性格有了展现的条件，而深入细致地揭示出来，则是重点场子完成的任务。情节和场子的关系，有人曾打过一个比喻，说情节是瓜藤，场景是藤上的瓜，重点场子是藤上的大瓜。这个比喻较形象地说明了二者的关系。

场景和情节的关系，还涉及第二章讨论过的如何体现主题这个极为重要的问题。主题是一个剧本的灵魂，情节的取舍、场景的安排，意图的渲染，突出什么，抑制什么，这一切，都要受到主题的制约。这里论述情节提炼和场景安排之间的关系，是建立在对人物感情性格的深刻揭示和鲜明的褒贬态度从而揭示主题这么一个基本论点基础上的。如果图解主题，概念化的人物，立足点不是揭示人物的真情实感，又何必认真捕捉那些最能揭示人物感情性格的情节？也不需要组织最能展现人物感情性格的重点场子！正因为要通过对人物感情性格的深刻揭示和鲜明的褒贬态度来体现剧本的主题，才需要这样组织情节和安排场景。在这方面，许多优秀的剧目提供了很有说服力的例证。比如前面谈到过的蒲仙戏《春草闯堂》。该剧无情地揭露了封建礼教和封建道德的虚伪，激烈地抨击了官场的腐败，但基本倾向却是说明高贵者最愚蠢，卑贱者最聪明。这一主题，不是通过图解来说明的，而是通过血肉丰满的人物形象体现出来的。看得出，作者提炼情节，安排场景，就是以这样的原则作为指导思想的。剧本第三场完美地体现了这种指导思想。春草出于义愤，在知府大堂冒认了姑爷，知府胡进不甚相信，要去相府当面问过小姐李半月，这场戏就是描写他们去相府途中的情形。春草冒认姑爷，本来就是撒谎，知府要去对质，她有些害怕，有些紧张。唱道："知府无能偏究底，女婢饶舌心难安。""心难安"，是春草当时心理状态的真实写照。这场戏就建立在她的"心难安"上。她深知冒认姑爷后果严重，必然要遭到小姐的惩罚："小姐询知必羞恼，家法身上自贻患。"她心里不安，但一时拿不出对付的办法，于是想拖延时间，行路中故意落后。知府无可奈何，只好下轿和她同行，知府下轿同行，催促加步，她心里更加不安："相府千金岂等闲，教她认婿总艰难；知府知情定反案，公子命在须臾间。"想不出对付的办法，怎么办？为了再拖延时间，她假装脚痛，索性坐在地上不走："我把枯肠搜索尽，也无一计过此关。"知府要见小姐心切，要她坐轿，自己步行随后。这时她突然想起另一个婢女秋花，顿时有了妙计："倒可以和秋花计较计较，把这知府骗一骗，混过这一关再说。"她想到这里，喜笑颜开，高高兴兴地上了知府大轿。这场戏热情歌颂了婢女春草，辛辣地嘲弄了知府胡进，倾向性极为鲜明。然而，所有细节描写，全都合情合理，一切符合人物性格。春草闯了祸，无计可施，才在路上拖延时间，表现了她天真单纯的性格特征。"宰相门前七品官"，知府为了附势求荣，不敢得罪相府婢女，这才屈尊就卑。春草拖延时间，是为了想出对付的办法，无意捉弄知府。知府下轿步行，把轿子让给春草，是为了拍马逢迎，也不是有意出自己的洋相。很清楚，倾向性是在人物性格的描写中自然流露出来的，毫无斧凿的痕迹。春草上轿后有这么几句唱词："今朝好体面，执事摆轿前；漫云婢子贱，知府做跟班。"这几句唱词，明显是点题的，但也不是从外面硬加进去的，完全融会在人物性格之中。此时的春草，想出了摆脱困境的办法，又乘上了知府大人的轿子，心里非常得意，这个天真活泼的小姑娘，唱出了这样的词句，完全符合她当时的心境。《春草闯堂》的演出，这场戏赢得了广大观众的赞誉。这一事实说明，戏曲剧本的情节提炼，场景安排，必须服从揭示人物性格的需要，决不可图解主题，说明主题。这样才能组织起重点场子，塑造好人物，提高剧本的艺术质量。

五、结构的本质

本章和上一章，分别讨论了情节和场景安排。每一章又分几个小题目，从不同的角度上讨述了戏曲结构的特点。这有点像生理解剖学，把人体各个器官分别加以解剖，深入研究每个器官的构造、特征和作用。但是，仅仅从局部研究每个器官，不从整体上考察具体器官在人体中的地位和每个器官之间的联系，那仍然不能理解每个器官在人体中的特殊意义。研究戏曲结构也是这样，不能只研究结构中的每个组成部分，还要从全局出发考察每个组成部分在整个结构中的地位和作用，这才能进一步理解戏曲结构的本质。

戏曲结构的根本任务是完成人物塑造，进而体现主题。由于戏曲艺术的独特性，戏曲的人物塑造应当寓义理于人物的感情性格之中，或叫寓义于情，也就是情与义的结合，或者说以情运义，这样才能体现戏曲艺术的基本特征，充分发挥戏曲的特长。为了完成这个任务，在戏曲结构各个组成因素中，情节的提炼和重点场子的构成，两个部分是整个结构的核心，其他因素都是连带成分，是为这两部分服务的。提炼情节的中心环节，是设计特定的人物关系和选择一个能够引起人物感情爆发或推动性格显现的事件。重点场子则是完成感情爆发或性格显现的场所。完成了这些工作，就完成了戏曲结构的主体，就能完成人物塑造。不妨仍以越剧《梁山伯与祝英台》为例，说明这个道理。祝英台与梁山伯同窗三载，两人情投意合，孕育了爱情的种子，这就是特定的人物关系。有了特殊的人物关系，只是有了感情爆发的基础，但感情决不会自己流露出来，还必须有个引发人物感情爆炸的事件。就祝英台而言，她有三次感情爆炸，分别有三个引发感情爆炸的事件。第一次感情爆炸是梁祝离别，引起爆炸的是父亲书信。第二次是楼台相会，引发事件是祝英台许配马家。第三次是哭灵。梁山伯的病死引起了祝英台极度悲伤和思念。三次感情爆炸，构成了三个重点场子，三个重点场子又成为《梁山伯与祝英台》的主体。该剧结构的其他成分，诸如次要人物的设计，人物关系的介绍，情节线索的联贯，一般场子的组织，某些表现手法的运用等，都受这个主体的支配，并为主体服务。我认为，这种结构方法，就是戏曲的个性，或叫做独特性。

戏曲剧本的结构，其基本任务是完成人物的塑造。从这个意义上说，它只是表现手段，而不是独立的实体。在剧本创作中，如果抛开人物，孤立地考虑结构，那会本末倒置，难以写出优秀作品。但是，结构又有其相对的独立性，剧中人物的设计，事件和细节的选择，情节的跌宕起伏，头绪的多少，一般场子和重点场子的互相配合，表现手法的运用，这些因素的存在，都要依附于人物塑造。但是，它又不是完全的依附，而能相对的独立。这一点如果被忽略，或者不重视，也可能造成剧本结构的松散或者不完整。结构，既是手段，而又相对独立，这就是它的本质。

戏曲结构是发展的、变化的，剧作者应当积极吸收话剧、电影等姐妹艺术的结构方法，以丰富戏曲的表现力。但是，戏曲结构有它独特的地方，借鉴其他艺术，尤其是话剧艺术的结构方法，必须为我所用，是为了加强戏曲结构的独特性，而不是消灭它。如果照搬话剧的结构方法，或者把话剧加唱视为创新，势必削弱戏曲艺术的基本特征，必然导致戏曲的衰败。那是一条危险的道路，不能不引以为戒。

第六章　戏曲语言

　　戏曲语言包括唱词和念白两大部分，唱词是主要的，两部分的性质和作用，有相同的地方，也有不同之处。下面分别论述。

一、个性化、行动性和韵律美

　　戏曲唱词和念白，都要求个性化、行动性和韵律美，这一点，学术界观点比较一致，因此不准备多费唇舌，只想补充一些个人的看法。

　　第一，个性化。话剧、歌剧、影视、小说等，都要求语言的个性化，戏曲语言的个性化，和这些艺术品种没有什么本质的不同，但有某些差异。研究这些差异，涉及戏曲艺术的人物塑造，按照以虚运实的美学思想，人物性格的描写要求夸张和渲染，以求性格的鲜明和突出。与此相适应，戏曲语言的运用，也需要格外鲜明而富有夸张性，这样才能和戏曲艺术的美学思想相表里。如关汉卿的《救风尘》，女主角赵盼儿营救同伴宋引章，为骗取周舍的休书，发誓要嫁给他，但休书一到手，马上翻脸不认账，周舍质问："你曾说过誓嫁我来？"骗到了休书，什么誓言、许诺，毫不放在心上，她喜悦、轻松，并带有胜利后的骄傲，唱道：

俺须是卖空虚，凭着那说来的言咒誓为活路。（带云）怕你不肯信呵。（唱）遍花街请到娼家女，那一个不对着明香宝烛？那一个不指着皇天后土？那一个不睹着鬼戮神诛？若信这哭盟言，早死的绝门户！

赵盼儿是个花巷老妓，深谙风尘世故，她有正义感而又机智泼辣，这段曲文经过有力地渲染，突出了这种性格特征。再如京剧《通天犀》，个性化的语言更显明地带有夸张性。

青面虎	喽啰们！
众	有。
青面虎	二寨主回山，你与我请，请，请！
众	有请。
	〔许佩珠上。
许佩珠	哥哥！
青面虎	贤妹！——喽啰的！
众	有。
青面虎	二寨主回山，必须要这一旁杀牛，那一旁宰羊，与你二寨主迎风掸尘。
许佩珠	哥哥不用了。
青面虎	喽啰的！
众	有。
青面虎	二寨主说罢就罢，说罢就罢，罢，罢，罢！

当他问明白了程老学的家人名唤十一郎，因打败官军，吃了官司，问成死罪，立即决定自己"下山搭救小英豪"。这里有一段兄妹对话，写得相当出色——

许佩珠　哥哥，将那老头儿怎样发落？

青面虎　我将他留在山寨，抄写文墨，做个代笔的先生。

许佩珠　可曾问过他人名姓？

青面虎　方才问过，他叫什么程——程，程，程？

众　　　程老学。

青面虎　着。他还有个家人，叫什么十——十，十，十？

众　　　十一郎。

青面虎　着哇！但不知道这十一郎是怎样个人？

许佩珠　哥哥，难道你就忘怀了？

青面虎　忘怀什么？

许佩珠　前者大战白水滩，兄长身后被他打了一棍，就是此人。

青面虎　唔呼呀！前者大战白水滩，为兄身后是这样哎嚓，就是一棍。就是此人吗？

许佩珠　正是。

青面虎　嘿，好汉子！好汉子！贤妹，既有这样英雄好汉，为兄就该搭救于他。

许佩珠　哥哥不记前仇，真乃英雄也！

这两段引文都是性格化的语言，读后如见其人，如闻其声。青面虎连程老学和十一郎的名字都不能记住，是何等的夸张！但他那见义勇为而不记前仇的英雄本色，那鲁莽、豪爽、豁达的性格，通过这样有力地夸张，格外显得鲜明、突出、真切！

《救风尘》和《通天犀》两剧说明，戏曲语言的个性化，经过渲染和夸张，更富于表现力，它不同于生活语言，和写实的话剧也有差别，这就是它的特殊之处。

第二，行动性。戏剧语言与其他文学语言的最大不同是语言具有行动性。行动性又叫动作性，可分为内部动作和外部动作两种。戏曲语言的行动性，和话剧也没有本质区别，但相同之中有不同，而且正是这种不同表现了戏曲艺术的特色，需要慎重对待。

戏曲表现内部动作的语言和话剧一样，有独白、旁白和潜台词等多种形式，其中以潜台词较为重要，正确地运用潜台词能够较好地写出人物的心理活动，是塑造人物的重要手段。老调梆子《潘杨讼》有个场面，写寇准奉调进京审问潘洪和杨六郎的案子，皇帝赵光义希望他偏袒潘洪，八千岁赵德芳则希望他秉公断案，为杨家鸣冤——

赵光义 寇爱卿，你本七品县令，是朕将你调进京来，立升西台御使，今又封你天官在朝，须知食君禄当报国恩。朕要你立与太师定罪，该斩就斩，要是该赦免啊，你就大胆地说个免字，这免字出在你口，如同出在朕口一般。

潘娘娘 寇天官，你可听明白！

寇　准 臣听得明白。万岁，可容臣思忖？

赵光义 容你思忖！

赵德芳 寇天官！

寇　准 千岁！

赵德芳　你要仔细思忖啊！

赵光义　啊，皇儿莫要多言。寇爱卿，你就大胆地公断上来！

这个片断着墨不多，人物却写得活灵活现，原因是对话有弦外之音，言外之意，在对话中剧中人物的心理活动真实地显露出来。这就是潜台词的妙用！再举一个现代京剧《红灯记》的例子。"壮别"一场，李玉和临行时的唱词念白，也有丰富的潜台词

李奶奶　等等！铁梅，拿酒去！

铁　梅　嗳！（进屋里取酒）

侯宪补　嘻！老太太，酒席宴上有的是酒，足够他喝的啦。

李奶奶　呵……穷人喝惯了自己的酒，点点滴滴在心头。（接过铁梅拿来的酒，对着李玉和，庄严、深情地为李玉和壮别）
　　　　孩子，这碗酒，你把它喝下去！

李玉和　（庄严接酒）妈，有您这碗酒垫底，什么样的酒我全能对付！（一饮而尽）谢，谢，妈！（雄伟地唱"西皮二六"）
　　　　　　临行喝妈一碗酒，
　　　　　　浑身是胆雄赳赳。
　　　　　　鸠山设宴和我交"朋友"，
　　　　　　千杯万盏会应酬。
　　　　　　时令不好风雪来得骤，
　　　　　　妈要把冷暖时刻记心头。

铁　梅　爹！（扑向李玉和，哭）

李玉和　（亲切地、含义深长地，接唱）

小铁梅出门卖货看气候，

来往"账目"要记熟。

困倦时留神门户防野狗，

烦闷时等候喜鹊唱枝头。

家中的事儿你奔走，

要与奶奶分忧愁。

这段戏写李玉和壮别时的气概和心理活动，非常精彩。他借酒表示了与敌人斗争到底的决心，借"时令不好"暗示情况的陡变，要李奶奶多自保重；并借"气候"、"账目"等，向铁梅提出了希望。在敌人面前不能明言的话讲明白了，而且字里行间流露出他的爱，他的恨，他的顽强不屈的斗争精神。这段戏的成功，除了情节的选择恰当之外，潜台词的运用起了重要作用，没有如此丰富的潜台词，就不会产生这样巨大的艺术感染力。

潜台词的运用是重要的，然而，在戏曲创作中，直抒胸臆的运用更为重要。戏曲要唱，而且唱在戏曲中占着重要位置。歌唱是音乐，音乐最能表现人物感情。为了配合音乐，唱词可以有丰富的潜台词，也可以直抒胸臆，把人物情感直接讲出来。直抒胸臆，可以说没有什么潜台词，就是有也谈不上丰富。锡剧《珍珠塔》有一场著名的戏叫"哭塔"，写陈翠娥暗把宝塔赠送给表弟方卿，事后其父在街上又买回该塔，陈断定表弟一定被贼人抢劫，遭了不幸，心情悲痛，唱了一大段。这段唱词没有潜台词，也没有文采，但却能取得较好的演出效果，抄录于后——

陈翠娥　表弟！（唱）

表弟呀，你是千里迢迢来投亲，

实指望，母子有靠得安生，

谁知道，我母亲势利冷待你，

逼得你，数九寒天离陈府门，

我为报方家一片恩，

因此上，我推托点心把珠塔赠，

谁知为好反成恶，

害你半途遇贼人。

表弟呀，方门只有你单丁子，

你叫那白发老娘去靠何人？

你若有个长和短，

翠娥要做未亡人。

珠塔呀，你要随表弟返乡井，

翠娥心中也安宁；

你重返翠娥绣楼中，

反叫我咬碎银牙珠泪滚。

一阵相亲一阵酸，

珠塔呀！珠塔呀！

今日我与你有切齿恨。

直抒胸臆的唱段，在戏曲中不胜枚举。大家熟悉的京剧《李陵碑》杨继业唱的"叹杨家"，《逍遥津》汉献帝唱的"欺寡人"，越剧《红楼梦》宝玉"哭灵"等等，数量很多，是戏曲唱词的主要成分。

直抒胸臆要求用最显露的语言，直截了当地表述人物感情或要说的话，性质上与潜台词正好相反。在戏曲创作中，如像话剧那样，一味要求语言有丰富的潜台词，代替或忽略直抒胸臆，是不恰当的、有害的；反过来，如果仅仅采用直抒胸臆一种，而排除潜台词的运用，也是不恰当的。科学的态度是根据剧情需要，该用哪种就用哪种。

戏曲中表现人物外部动作的语言是大量的，用途是广泛的。在一段歌舞开始之前，往往用一句表示外部动作的语言，引出歌舞，起叫板的作用，比如"马来"、"走哇"、"开船呀"、"趱行者"、"我好悔也"等，都属于这一类。有的时候，唱词中夹杂着叙事的成分，用来直接描绘人物行动。柳子戏《汗衫记》，男主角颜容下学路上所唱一曲，八句中有四五句是描写外部行动的。

颜　容　（唱"耍孩儿"）

> 颜容下学堂，
>
> 辞师傅还家乡，
>
> 前行来在杀猪巷。
>
> 查散抬起头来看，
>
> 什么物厮放火光，
>
> 吓得颜容魂飘荡。
>
> 我这里下腰拾起，
>
> 见母亲再做商量。

还有的语言，单单从字面上看，似乎不是描写外部动作的，舞台演出时因有强劲的形体动作相配合，实际上还是描写外部动作的，如京剧《挑滑车》高宠唱的"石榴花"，"黄龙滚"等曲牌，都属于这一类。这种曲牌，演唱时配有复杂的身段，以舞为主，唱词和音乐都是次要的，只起引导身段的作用。

戏曲表现外部动作的语言，和描写内部动作的语言一样，是相当重要的。有外部动作的语言做引导，演出时宜于歌，宜于舞，运用得好，可以和表现内部动作的语言配合一起，相得益彰，更能发挥戏曲艺术的特长，是不可缺少的。

第三，韵律美。我国的诗、词、曲（包括戏曲和散曲），在长期的发展过程中形成了自己独特的格律。格律的形成主要有三个原因。其一，诗词曲都是能唱，要唱就要行腔吐字，为了字正腔圆，需要讲究韵律。其二，我国音乐在清朝之前，基本上都是曲牌体的，尤其是曲，每个曲牌有宫调的限制，曲子的句数，每句的字数，每字的平仄、叶韵，都有固定而严格的规定，这就形成了格律。其三，汉语基本上是单音节的，每字都由声母和韵母两部分构成，同时又有平仄、阴阳、尖团之分，还有开口呼、合口呼、齐齿呼、撮口呼之别。为了使唱词读起来上口，唱起来方便，就要充分利用汉语的这些特点，构成语言的韵律美，这也是形成格律的重要原因。

宋元之际兴起的南北曲，都是依谱填词的。清朝中叶之后地方戏兴起，出现了板腔体。板腔体的格律，不像曲牌体那样严格，而且各个剧种的要求不尽相同，但仍然有一定的格律。板腔体有两个基本句式，一个是七字句，一个是十字句。七字句的基本格式是二二三，和七言诗相同。十字句的格式为三三四。不论七字句或十字句，通常分上下两句。叶韵和近体诗相类似，"一三五不论，二四六分明"，上句可叶可不叶，下句一定叶韵。叶韵一般上仄下平，京剧较为严格一点，最好叶阳平字。对韵律的要求，各地方剧种不完全相同，但按这种格律撰写唱词，凡属板腔体的剧种都是能唱的。需要指出，这里介绍的是格律的正体，完全按正体撰写唱词，写成整齐的七字句或十字句，往往显得呆板，缺乏气势。还有一种变体，就是在七字句或十字句基础上加一些衬字，成为不整齐的七字句或十字句。这样的唱词，容易写得生动活泼，有利于人物感情的揭示。在实际创作中，剧作家多采用变体的形式。

戏曲是歌舞剧，有强烈的节奏感。为适应这种情况，戏曲念白也要讲究韵律和节奏。念白中有一部分韵文，如引子、诗词、对子等，都要依照诗词格律填写。一般念白，不需要叶韵，但念起来要上口，对韵律仍有一定的要求。连用三个平声字或三个仄声字，都不大好念。李笠翁说："世人但以音韵二字，用之曲中，不知宾白之文，更宜调声协律。世人但知四六之句，平间仄，仄间平，非可混施叠用，不知散体之文亦复如是。平仄仄平平仄仄，仄平平仄仄平平，二语乃千古作文之通诀，无一语一句可废声音者也。"（见《闲情偶寄》）这话至今仍有参考价值。念白的节奏感，也没有固定规律可循，主要依规定情境和人物性格而定。大凡舞台气氛比较紧张，语言铿锵有力，语句应短促紧凑；反之，语言节奏要缓慢一些，力度也要有所减弱。同时，语言节奏缓急，还必须符合人物的性格，心境等。平仄和节奏，都是为了加强念白的韵律美，正如王骥德所说的那样："宾白，亦曰'说白'……句字长短平仄，须调停得好，令情意宛转，音调铿锵，虽不是制曲，亦要美听。"（见《曲律》）

二、本色与文采的结合

何谓本色？有两种解释。一种指本来的面貌，"本色犹言正身也"

（见《徐文长佚草·西厢记评注》），即语言的质朴自然；另一种解释为语言合乎角色的身份，吕天成在《曲品》中说："殊不知当行，则句调必本色，果其本色，则境态必是当行。"这里取第一种解释，与通俗同义。

语言首先要质朴自然。戏曲是舞台艺术，剧本虽然可供读者阅读，但主要是演给观众看的。观众男女长幼都有，文化程度不同，欣赏水平不一，而且戏剧演出是"一次过"，不能倒转头来再演一遍，因此戏曲语言必须"雅俗共赏"，让各层次的观众都能听懂。明何良俊说："盖填词须用本色语，方是作家。"（见《曲论》）王国维在评论关汉卿时则说："关汉卿一空倚傍，自铸伟词，而其言曲尽人情，字字本色，故当为元人第一。"（《宋元戏曲考》）为印证王国维评论的正确，抄录《单刀会》关羽过江时唱的两支曲子如下——

（双调新水令）大江东去浪千叠，引着这数十人驾着这小舟一叶。又不比九重龙凤阙，可正是千丈虎狼穴。大丈夫心别，我觑这单刀会似赛村社。

（驻马听）水涌山叠，年少周郎何处也？不觉的灰飞烟灭，可怜黄盖转伤嗟。破曹的樯橹一时绝，鏖兵的江水犹然热，好教我情惨切。（云）这也不是江水！（唱）二十年流不尽的英雄血！

这是两支著名的曲子。语言畅晓易懂，写出了关羽的英雄气概，为历代曲家所赞扬，是本色语言的典范，后世楷模。

戏曲史上有些作品，文词典雅，作为案头文学，不失为优秀剧作，但搬上舞台，因语言过于难懂，大大降低了演出效果。汤显祖的名著

《牡丹亭》，就有这样的弊病。对此，李笠翁曾提出过尖锐的批评："'惊梦'首曲云，'袅晴丝吹来闲庭院，摇漾春如线，'以游丝一缕，逗起情丝，发端一语，即费如许深心，可谓惨淡经营矣，然听歌《牡丹亭》者，二百之中有一二人解出此意否？若谓制曲初心，并不在此，不过因所见以起兴，则瞥见游丝，不妨直说，何须曲而又曲，由晴丝而说及春，由春与晴丝而悟其如线也？若云作此原有深心，则恐索解人不易得矣。索解人既不易得，又何必奏之歌筵，俾雅人俗子同闻共见乎？其余'停半晌，整花钿，没揣菱花，偷人半面'及'良辰美景奈何天，赏心乐事谁家院'，'遍青山啼红了杜鹃'等语，字字俱费经营，字字皆欠明爽。此等妙语，止可作文字观，不得作传奇观。"（见《闲情偶寄》）这些话击中了要害，也是非常中肯的批评。清焦循在谈到昆曲何以衰落时也曾指出："盖吴音繁缛，其曲虽极谐于律，而听者使未观本文，无不茫然不知所谓。"听不懂，观者自然就不要看，这就导致了昆曲的衰败。戏曲语言必须本色，这是观众的需要，也是戏曲求得生存和发展的需要。

戏曲语言要求本色，同时也要求有文采。清朝中叶地方戏兴起之后，文学剧本的词彩远不如元杂剧和明清传奇，尤其是京剧、水词，不通的句子比比皆是，不妨拈出几则——

《徐策跑城》：

薛　蛟（唱摇板）

　　　　　在府中奉了爹爹命，

　　　　　去往寒山搬救兵。

　　　　　扬鞭摧动马能行，

薛　魁　哇呀，娃娃。

薛　蛟　（接唱）

　　　　　　挡住了高头为何情？

《汾河湾》：

薛仁贵　（唱）

　　　　　　摧马来到汾河湾，

　　　　　　见一顽童打弹玩。

　　　　　　弹打南来张口雁，

　　　　　　抢挑鱼儿水浪翻。

　　　　　　翻身下了马走战，

　　　　　　再与顽童把话谈。

《定军山》：

黄　忠　（唱）

　　　　　　夏侯渊武艺果然好，

　　　　　　可算将中一英豪！

　　　　　　将身且坐莲花宝，

　　　　　　营外因何闹吵吵？

这样的词句不是质朴而是粗俗，连语句都不通，何来文采可谈！为了追求协律合辙，不惜损伤文字，粗制滥造，把战马写成"马能行"、"高头"、"马走战"，把莲花宝帐写成"莲花宝"，是极不严肃的！文字粗俗是清朝中叶以来戏曲创作的一大弊端，增加文采，乃是今后戏曲创作的重要任务。如何增加文采？除剧作家需要有广博的知识，较高的文学修养，坚实的生活基础和敏锐的观察力以外，讲究修辞是最重要的手段。戏曲中常用的修辞方法，主要有比喻、借代、排比、倒置数种。

第一，比喻。戏曲语言大量使用比喻。这种修辞方法，可以使语言通俗形象而具有魅力。京剧《四郎探母》杨延辉，欲回南朝看望他的母亲，"怎奈关口拦阻，插翅不能飞过"，连用了四个"我好比"，说明他的感伤心情："我好比笼中鸟有翅难展，我好比虎离山受了孤单，我好比南来雁失群飞散，我好比浅水龙困在沙滩。"杨延辉的感伤心情，本来是一个抽象概念，通过比喻，把抽象概念具体化、形象化，易懂而富有感染力。"我好比"，在语法修辞上叫做明喻。还有一种暗喻，在戏曲语言中较明喻更为重要。有的作者用"雨伞虽破骨架坚"，来比喻人穷志不穷；"雪里红梅斗风霜，"比喻坚贞不屈；"荷出乌泥而不染"，比喻洁白无瑕等，都是暗喻。这些比喻更形象，更能启发读者的想象力。古典名剧《西厢记》"长亭送别"，莺莺所唱"朝天子"，也用了许多比喻——

暖融融玉醅，白冷冷似水，多半是相思泪。眼面前茶饭怕不待要吃，恨塞满愁肠胃。"蜗角虚名，蝇头微利"，拆鸳鸯在两下里。一个这壁，一个那壁，一递一声长吁气。

这支曲子，三个地方用了比喻；玉醅比做相思泪，求功名比做"蜗角虚名，蝇头微利，"而以鸳鸯比喻崔张爱情。这支名曲很有文采，和恰当地运用这些比喻密不可分。

第二，借代。这也是戏曲常用的一种修辞方法。京剧《白蛇传》"断桥"一场，许仙来到西湖，一眼瞥见白素贞和小青，有一句唱词是"却见她花憔柳悴断桥边"，就用了这种修辞方法。"花憔柳悴"的花柳代替了白素贞的容貌，说明她打了败仗，容颜憔悴，非常形象。如果把这句唱词改成"却见她容颜憔悴断桥边，"意思不变，语法相同，但文采逊色好多。《红灯记》"壮别"，李玉和嘱咐铁梅的话，"困倦时留神门户防野狗，烦闷时等候喜鹊叫枝头"，用"野狗"代替敌人，"喜鹊"代替革命者，颇有艺术魅力。《西厢记》"长亭送别"，崔莺莺的"二煞"，更能看出借代修辞方法的艺术力量——

你休忧"文齐福不齐"，我则怕你"停妻再娶妻"。休要"一春鱼雁无消息"！我这里青鸾有信频须寄，你却休"金榜无名誓不归"。此一节君须记，若见了那异乡花草，再休似此处栖迟。

"异乡花草"指异乡美女，莺莺没有直接说出，用"花草"来代替。这样写，使词语有寓意，有文采，而且更含蓄，更有诗味，更能引起观众的想象。

第三，排比。这种修辞方法，由于连续运用几个结构相同的句子或词组，增加了表现人物感情的力度。京剧《白蛇传》白素贞金山寺战败，在断桥碰到许仙，有段唱词连续用了四个"你忍心"，她的怨恨和愤怒如长江大河倾泻而下。京剧《逍遥津》汉献帝斥骂曹操，连用了十三个"欺寡人"——

欺寡人文武臣忠良告退，

欺寡人众贼臣狐假虎威。

欺寡人每日里见孤不跪，

欺寡人藐视君他怒冲如雷。

欺寡人在金殿不敢回对，

欺寡人拔宝剑要把孤的命来追。

欺寡人修血诏要把贼杀，

欺寡人漏机关那穆顺死命非。

欺寡人遭祸殃满门作鬼，

欺寡人乱棍下打死伏妃。

欺寡人好一似犯人受罪，

欺寡人好一似扬子江里驾小舟，

行在江心里风浪打，浪大风狂刮碎了蓬桅。

欺寡人好一似残军败队，

心又惊来肉又跳却是何为？

这十三个"欺寡人"，罗列了曹操的全部罪恶。一气呵成，汉献帝愤恨、悲伤、凄凉、胆怯的感情，虽然文字不甚通顺，还是较好地描写出来。

第四，倒置。为了合辙叶韵，故意把词语顺序倒置，也是戏曲常用的修辞方法。仍以京剧《白蛇传》"断桥"为例，小青见白素贞与许仙重归于好，又气又担心，生怕素贞再度遭殃，于是辞别素贞远走高飞，唱道："他夫妻依旧是多情眷，看将来难免再受熬煎。倒不如辞姐姐天涯走远……""天涯走远"，是远走天涯的倒置。这样用，固然为了协韵，更能使语言新奇，可取得良好效果。但是，应用这一修辞方法需要慎重，要知道不是所有的词语顺序都可倒置，京剧中经常把"能行马"倒置成"马能行"，不但起不到修辞效果，相反使语言不通，应力求避免。

戏曲中经常用的修辞方法还有夸张、对比等，由于比较简单，不再介绍。

戏曲语言要求本色，也需要文采。本色是为了让观众听懂，文采则要观众赏心悦目，二者不可偏废。然而，本色决不是粗俗，文采也不是华丽语言的堆砌，更不是陈腐典故的联缀，而是把平常的口语，经过提炼加工，运用点铁成金之术，铸成别具特色的戏曲语言。元周德清在《中原音韵》中说："造语必俊，用字必熟，太文则迂，不文则俗；文而不文，俗而不俗。"这才是好的戏曲语言。

三、如何撰写揭示人物感情的唱词

写出人物感情，必须有生活，熟悉所描写的人物，还要有技巧，诸如戏剧冲突的组织、情节的布局，人物关系的设计，规定情境的选择等，但语言也极为重要，只有上面的条件，剧作者没有运用语言的功力，也不能把人物写好。如何写好揭示人物感情的唱词？

首先，要体贴人情。明孟称舜说："学戏者不置身于场上，则不能为戏；而撰曲者不化其身为曲中之人，则不能为曲。此曲之所以难于诗与词也。"（见《古今名剧合选序》）戏曲史上许多著名作家，在这方面确有功力。关汉卿的《调风月》，燕燕得知小千户另娶新娘，自己受了欺骗，一腔怒火，满腹怨恨，唱道——

（二煞）出门来一脚高一脚低，自不觉鞋底儿着田地。痛怜心除他外谁跟前说，气夯破肚别人行怎又不敢提？独自向银蟾低，只道是孤鸿伴影，几时吃四马攒蹄。（尾）呆敲才、呆敲才，休怨天；死贼人，死贼人，自骂你。本待要皂腰裙，则待要蓝包髻。只这的是折桂攀高落得的。

燕燕是个姑娘，又是个奴隶。她受了主人的欺骗，对别人无法诉说，也无处去说，她咒骂自己"折桂攀高"，落得个如此下场。她的怨恨和自悔，两种感情交织在一起，写得逼真、动人。又如高则诚《琵琶记》"吃糠"一出，赵五娘所唱两支曲子，体贴人情，极为出色——

（孝顺歌）呕得我肝肠痛，珠泪垂，喉咙尚兀自牢嗄住。糠那！你遭砻被舂杵，筛你簸扬你，吃尽控持。好似奴家身狼狈，千辛万苦皆经历。苦人吃着苦味，两苦相逢，可知道欲吞不去。

（前腔）糠和米，本是两依倚，被簸扬做两处飞？一贱与一贵，好似奴家共夫婿，终无见期。丈夫，你便是米么，米在他方没寻处，奴恰便似糠呵，怎的把糠来救得人饥馁？好似儿夫出去，怎的教奴，供膳得公婆甘旨？

两支曲子，揭示感情深刻，被历代批评家所赞扬。清毛山声说："看他始以糠之苦比人之苦，继以糠与米分离比妇与夫之相别，继又以米贵而糠贱比妇贱而夫贵，继又以米去而糠不可食比夫去而妇不可养，末又以糠有人食，犹为有用，而己之死无用，并不如糠。柔肠百转，愈转愈哀。妙在不脱本题，不离本色。不谓一吃糠之中，生出如许文情，翻出

如许文思。"（见《第七才子书琵琶记》"糟糠自厌"批语）

为了说明体贴人情的重要，再把吉剧《包公赔情》和京剧《赤桑镇》做一比较。这两出戏都是写包拯铡了侄儿包勉之后给嫂嫂赔情的故事。两出戏的主题思想、戏剧冲突、人物关系、情节布局、规定情境等几方面大体相同，但由于语言运用上有文野之分，揭示感情的深刻程度差别很大。两剧都写了嫂嫂责骂包拯的内容，是最动情的所在。《赤桑镇》是这样写的——

吴妙贞　（接唱）

　　　　　　　　休得把巧言对我来讲，

　　　　　　　　作事怎不扪胸膛？

　　　　　　　　自幼儿抱你怀中养，

　　　　　　　　反把我亲生子抛弃一旁。

　　　　　　　　你五岁之时身得病险些命丧，

　　　　　　　　我为你焚香祷告、问卜就医求药方。

　　　　　　　　辛勤盼到你七岁长，

　　　　　　　　送你到南学攻读文章。

　　　　　　　　到如今你官高爵显把国法执掌，

　　　　　　　　你不该良心丧，贪图利禄，铡死包勉，

　　　　　　　　辜负了我勤劳抚养的苦心肠！

　　　　　　　　眼睁睁白发人失了依傍，

　　　　　　　　可怜他惨遭刑一命身亡。

　　　　　　　　我的儿啊！

《包公赔情》如下——

王凤英　（唱）多亏你不忘养抚之恩哪，

提起往事让我更伤心哪。

你在我身旁十八载，

嫂嫂我提心吊胆十八春。

想当年身左奶我小包勉，

身右奶你包大人，

叔侄二人难抚育，

我奶他三分你七分，

饿瘦我儿养娇了你，

今日你断我后代根！

你可记得那年爹娘刚入土，

又为你这兄长添坟，

抛下嫂嫂领着你们叔侄过，

你拿着嫂嫂当娘亲，

我有口好饭偷偷给你用，

有件新衣穿在你的身，

那天灾病热吓破我的胆哪，

车前马后费尽我的心，

省吃俭用供你把书念，

谁料你功成名就忘了恩哪。

京剧《赤桑镇》的吴妙贞，就是吉剧《包公赔情》的王凤英。两段唱词是同一个人物唱的，内容完全相同，但揭示人物感情的深度，吉剧要高出京剧一筹。京剧的那段唱词，语言相当一般，没有真正打开人物的肺腑。吉剧则不然，作者掏出了人物的肺腑之言，真切地献给了观众。两剧都写了嫂嫂厚待包拯的事实，京剧的唱词是"自幼儿抱你怀中养，反把我亲生子抛弃一旁"，像一杯白开水，写不出人物的真情实感；吉剧的唱词却入木三分，"想当年身左奶我小包勉，身右奶你包大人，叔侄二人难抚育，我奶他三分你七分"，语言生动形象，抓住喂奶时对包拯的优待，斥责他今天忘恩负义。体贴人情，用恰当的语言打开人物的心扉，吉剧优于京剧，是吉剧成功的秘诀。

其次，充分运用揭示感情的依托，写出人物感情，不能只用空泛的词语，像"烦恼"、"苦闷"、"悲伤"、"喜悦"等，在多数情况下，人物感情的揭示，都要凭借依托。依托指什么？主要是述事、状物、咏景三种。

述事抒情，是戏曲中最常见的方法。《包公赔情》和《赤桑镇》的嫂嫂，就是追忆往事，斥责包拯的忘恩负义。京剧《白蛇传》"断桥"一场，两个主要唱段都是述事的，其中一段是——

白素贞 （唱"西皮柔板"）

你忍心将我伤，

端阳佳节劝雄黄；

你忍心将我诓，

才对双星盟誓愿，

又随法海入禅堂，

你忍心叫我断肠，

平日恩情且不讲，

怎不念我腹中还有小儿郎？

你忍心见我败亡，

可怜我与神将刀对枪，

只杀得我筋疲力尽头晕目眩腹痛不可挡，

你袖手旁观在山岗。

手摸胸膛你想一想，

有何面目来见妻房？

另一段唱词，也是白素贞回忆往事痛斥许仙的。她从思凡下山说起，两人西湖相遇，红楼结亲，镇江卖药，端阳酒变，仙山盗草，直至许仙逃往金山，最后几句是："妻盼你回家你不见，哪一夜不等你到五更天？可怜我枕上泪珠都湿遍，可怜我鸳鸯梦里只把愁添。寻你来到金山寺院，只为夫妻再团圆。若非青儿她拼死战，我腹中的娇儿也命难全。莫怪青儿她变了脸，冤家啊！谁的是谁的非你问问心间哪？"这支曲子，白素贞叙述了她和许仙结合的整个经历，以述事为主，述事中带有抒情，她的怨、恨、爱，各种感情柔和在一起，真挚而复杂。这种复杂的感情，就是依着在对往事的追忆上。川剧《鸳鸯谱》第三场"男扮"，孙润和母亲的对唱，一看就知是述事的——

孙　润　哎呀，母亲呀！（唱园林好）

　　　　　　刘家姐夫染重病，

　　　　　　姐姐焉能过刘门。

　　　　　　倘有个三长两短，

岂不是误姐一生。

孙　母　（唱江儿水）

儿有姐弟情，

娘岂不担心。

此事早已再思忖。

你姐姐既与刘家把婚订，

生死总是刘家人。

冲喜之事若不允，

我家必要落骂名。

更何况刘家有田数百顷，

怎能不攀这门亲？

孙　润　人心难测呀！

孙　母　（唱）自从儿父丧了命，

为娘苦度十余春。

百般辛苦俱受尽，

岂是胆小怕事人。

刘亲翁为人公正，

我量他不敢起歹心。

母子对唱，不用介绍剧情就可看出，孙润姐姐许配给刘家，姐夫生病，刘家要借亲冲喜，孙润母子对此深为忧虑。述事抒情，追忆往事的较多，此剧谈论将要发生的事，这种写法较少。

状物抒情。这种方法，近似人们常说的触景生情。在日常生活中，人们有时触及到某件物体或者某种事物，内心会产生激动，这就是触景生情。剧作家把这种现象写进剧本，就是状物抒情，成为揭示人物感情的依托。京剧《红灯记》李玉和到粥棚与磨刀人接关系，看到自己的同胞过着牛马不如的苦难生活，对日本侵略者的仇恨之情油然而生，是一段状物抒情的唱词——

李玉和　（唱）

> 有多少苦同胞怨声载道，
>
> 铁蹄下苦挣扎仇恨难消。
>
> 春雷爆发等待时机到，
>
> 英勇的中国人民岂能够俯首对屠刀！
>
> 盼只盼柏山的同志早来到——

咏景抒情。在古典戏曲名著里，咏景抒情有突出成就。《西厢记》"长亭送别"崔莺莺所唱"正宫端正好"一曲，是以景写情的典范。词曰——

碧云天，黄花地，西风紧，北雁南飞，晓来谁染霜林醉？总是离人泪。

《琵琶记》"赏月"，蔡伯喈和小牛姐面对同一月，却有不同的感受，衬托出不同的心情。李笠翁对此非常欣赏，说："同一月也，牛氏有牛氏之月，伯喈有伯喈之月。所言者月，所寓者心。"现在的舞台演出本，咏景抒情的唱段较少，而且文词也不能和古典名剧相比。京剧《打渔杀家》写萧桂英的一段唱词，情景交融，还是不错的——

萧桂英 （唱）海水滔滔白浪发，

江上俱是打渔家。

青山绿水难描画，

父女们河下就作生涯。

　　揭示人物感情的依托有述事、状物、咏景三种，已分别做了介绍。但在实际创作中，三种方法可以综合使用，一支曲子里不一定只用一种方法，这一点需要说明，以免误解。

　　再次，语言要有机锋。李笠翁说："机者，传奇之精神。"（见《闲情偶寄》）机锋就是人物感情和行文气势，可以"使其人须眉如生"（吴梅《顾曲麈谈》语），把人物写活。仍以关汉卿《单刀会》为例，关羽斗败了鲁肃，取得了胜利，江边登上小舟，与鲁肃告别，唱了一支曲子，活活勾出关羽彼时彼地的心理活动，真所谓"须眉如生"也——

　　我则见紫袍银带公人列，晚天凉风冷芦花谢，我心中喜悦。昏惨惨晚霞收，冷飕飕江风起，急飐飐云帆扯。承管待、承管待，多承谢、多承谢。唤艄公慢者，缆解开岸边龙，船分开波中浪，棹搅碎江中月，正欢娱有甚进退，且谈笑不分明夜。说与你两件事先生记者：百忙里趁不了老兄心，急切里倒不了俺汉家节。

　　本曲词语丰富，形容准确，修辞妥当，以近似白描的手法，写出了关羽得胜后的喜悦，骄傲及其对鲁肃的嘲讽，不愧为千古名曲。

　　复次，讲究制曲章法。填一支戏曲曲牌或写一段唱词，都要遵照一定的章法。韵律是章法，应当遵守。表现人物感情，也有章法，更应当遵守。一般说来，一支曲子的最后一句或数句是该曲的重点，最能表现人物感情，需要下功夫写好。京剧《智取威虎山》"打进匪窟"，杨子荣杀了栾平，取得胜利，匪徒们为他庆功，他饮下一杯酒，唱道："今日痛饮庆功酒，壮志未酬誓不休。来日方长显身手，甘洒热血写春秋。"显然，这段唱词的末句最重要，余味无穷，是点题的。还有些唱词篇幅较长，由数十句或更多一些句子组成，最后几句是重点，目的是加重感情色彩。这种制曲方法，一段词唱的主体是述事，状物、咏景，也有感情的流露，而最后一句或数句是揭示感情的重点，也最能体现作者写一支曲子的目的。这一制曲方法，道理易懂，学起来简单，但却能起到极好的艺术效果，是不可忽略的。

四、唱词与念白的关系

戏曲语言除少数剧本之外，都是由唱词和念白两大部分组成的。唱词和念白的任务是相同的，都是为完成人物塑造进而体现主题服务的。那么二者之间有没有区别？区别在什么地方？它们之间又有什么关系？研究戏曲语言，这些问题是不能回避的。为了方便，先引用一段具体作品。京剧《玉堂春》"监会"一场，刘秉义料定王金龙要私自探监，事先做了布置，告诉禁婆，若有人探望苏三，"只管容他相见"。禁婆领命，王金龙乔装打扮，果然前来探监。下面就是王金龙和苏三会面的片断——

王金龙 （进门）苏三今在何处？

禁　婆　别忙，你等着我叫她呀。

王金龙　好好好，快着些。

禁　婆　苏三走动啊！

苏　三　（上，唱"二黄散板"）

　　　　　　又听得禁妈妈一声呼唤，

　　　　　　我只得向前去细问根源。

　　　　　　妈妈何事？

禁　婆　有人探望你来了。

苏　三　现在哪里？

禁　婆　那不是吗？

王金龙　三姐在哪里？三姐在……

苏　三　你、你、你是三郎么？

王金龙　三姐

苏　三　　　　三郎！公子！三郎啊！

　　　　（同时）

王金龙　　　　三姐！我妻！三姐啊！

苏　三　（唱"二黄倒板"）

　　　　　　见三郎不由我悲喜不尽！

禁　婆　（故意咳嗽）哽！

王金龙　（付银子）禁妈！

禁　婆　有什么体己话快点说，可别哴。（下）

苏　三　　　　三郎啊！

　　　　（同时）

王金龙　　　　三姐啊！

苏　三　（唱"回龙"）

　　　　　　梦不想在监中又会情人，

　　　　　　为公子矢贞坚苦难受尽。

　　　　　　到如今遭陷害监禁狱门。

　　　　　　你做了皇家的官高极品，

　　　　　　法堂上用威风，不认我身，

　　　　　　装路人，你好狠心！

王金龙　啊三姐，公堂之上王法森严，怎好相认。三姐莫要见怪，唔唔唔，我这厢赔礼……

苏　三　啊三郎，此处你是不该来的。

王金龙　怎么不该来呀？

苏　三　你身为按院，私自前来探监，倘若被人知晓如何是好？

王金龙　为了三姐，就是罢职丢官，又待何妨？

苏　三　唉，我乃苦命之人，再若连累三郎你，于心何安哪！

王金龙　三姐呀！（唱"散板"）

　　　　　　纵然是受牵连也无怨恨，

　　　　　　王金龙决不负旧日之盟。

　　　　〔禁婆上。

禁　婆　刘大人查监来了。

苏　三　这便如何是好？

王金龙　三姐不必惊慌，你且退下，待我假装疯癫，混出监去。……

刘秉义　哈哈哈！果然不出我所料！王金龙身为八府巡按，竟然私自前来探监，不免将此事说与潘大人知道，参他一本，管

168

　　　　叫他这顶乌纱断送我手。

节录了这么长的文字，有唱词，也有念白，它们的关系如何，可以说明一些问题。

　　第一，念白的作用。从引文中可以看出，情节的布局主要通过念白完成的。首先，念白推动了情节的发展。引文中三个地方最为明显。禁婆准许王金龙和苏三见面，叫了一声"苏三走动啊"，并告诉苏三"有人探望你来了"。这几句念白把情节引向了王、苏相会的场面。两人正在诉说别后的苦情、遭遇和监中相会的悲痛，禁婆突然报告"刘大人查监来了"。这句念白颇有力度，苏三急速退下，王金龙涂面逃走。而刘秉义查出了王金龙的私情，另有一些想法："不免将此事说与潘大人知道，参他一本，管叫他这顶乌纱断送我手。"这些念白造成了悬念，同时交代"说与潘大人知道"，引出后面的情节。我们看到，这些有推动力的语言像一条绳索，把剧情由一个场面引向另一个场面，使剧情有机地连接起来，构成了上面引文的基本情节。其次，假如抽掉引文中的全部唱词，只留下念白，剧情基本上是联贯的，清晰的。这又从侧面说明，念白构成了戏曲情节的骨架。念白的这种性质和作用启示我们，写戏曲念白既要考虑情节的整体布局，也要写好能够推动情节发展的那些词语，以求布局严密，脉络清楚。

　　念白的另一重要作用是刻画人物性格。王、苏监中相会，苏三对王金龙说，这个地方"你是不该来的"，生怕被别人知晓，铸成大祸。王金龙忠于爱情，非常坚定而明确地回答，为了三姐宁肯"罢职丢官"。苏三唯恐心爱的人吃亏，真诚地说我是个苦命的人，再连累了你，"于心何安啊"。这些说白，既写出了两人爱情的坚笃，更表现了他们情操、品质的高尚，只是剧作者驾驭语言的能力还欠火候，没有把人物性格刻画得更鲜明些。

念白也承担抒情的任务，但那是极次要的，主要职能是布局情节，刻画人物两项。

第二，唱词的作用。这段引文里，苏三和王金龙都有唱段。苏王一见面，苏三感情激动，唱出"见三郎不由我悲喜不尽"，述说她"矢贞坚"所受的苦难，抱怨王金龙在公堂上作威作福的"狠心"。王金龙那段，是苏三说出再连累三郎你，"于心何安"时唱的："纵然是受牵连也无怨恨，王金龙决不负旧日之盟。"两段唱词长短虽然不同，但都是抒情的，是揭示人物感情的。揭示人物感情，就是唱词的基本作用。孔尚任说："词曲皆非浪填，凡胸中情不可说，眼前景不能见者，则借词曲以咏之。"（见《桃花扇·凡例》）。

唱词也要刻画人物性格，但不是主要职能。而且，唱词刻画性格仍带有强烈的抒情性，与念白刻画性格不尽相同。前面提到的《救风尘》，赵盼儿告诉周舍妓女发誓都是撒谎，既表现了她的性格，更表现了她的感情。

抒情是唱词的基本任务和性质，这就解决了如何安唱的问题。所谓安唱，就是在什么情况下让人物放声高唱。唱段可分为主要和一般两种。主要唱段一定安在人物胸中有情而非唱不可的地方。胸中无情而硬唱，是无病呻吟，只能引起观众的厌恶。胸中有情而不唱，或者言不尽情，没有充分揭示出人物情感，就不能有力地激发观众的情绪。一般唱段篇幅较短，三言两语，或介绍人物关系，或说明某一事件，根据需要而定，比较灵活、自由。我认为，这些就是安唱的基本要求。

第三，唱念相辅相成，互为条件，这是二者的基本关系。唱，尤其是主要唱段，必须有感而发。人物感情的爆发是有条件的。这个条件是由念白创造的。《玉堂春》王、苏监中相会，苏三那段颇有感情的唱词，是建立在由念白构成的一系列情节基础上的，其中包括他们过去的相爱，王金龙被赶出妓院，苏三卖给他人做妾，蒙冤发配等，没有这些情节，苏三就不可能产生那样强烈的感情。在这里，念白做了奠基的工作，为唱创造了条件。念白还要为唱直接地做好铺垫。苏三一见王金龙，如果马上就叫她唱，没有念白做过渡，一定显得突然，感情也难以尽情揭示，因此剧作者在唱之前写了一段念白——

王金龙　三姐在哪里，三姐在……

苏　三　你、你、你是三郎么？

王金龙　三姐！

苏　三　　　　三郎！公子！三郎啊！

　　　　　（同时）

王金龙　　　　三姐！我妻！三姐啊！

这些念白已经写出了两人会面时的情感，在这个基础上让苏三唱出，人物情感才能揭示得深刻而不突然。同样道理，苏三怕王金龙探监受了牵连，说出"于心何安"，此时为王金龙安了一段唱，感情真实自然，这也是念白提供的条件。

　　念为唱创造条件，唱是这种条件产生的必然结果。通过唱，把人物感情推向一定的高度。唱完又是念，念又为下一段唱做准备。下一段唱完了，又是念白，如此唱念相辅相成，互相推动，直至大幕落下，这恐怕就是唱与念的相互关系。

图书在版编目(CIP)数据

戏曲编剧理论与技巧/田雨澍著. —上海:上海
人民出版社,2015
(上海戏剧学院编剧学教材丛书)
ISBN 978-7-208-13410-2

Ⅰ.①戏…　Ⅱ.①田…　Ⅲ.①编剧-高等学校-教材
Ⅳ.①I053

中国版本图书馆 CIP 数据核字(2015)第 267321 号

责任编辑　赵蔚华
封面装帧　张志全

上海戏剧学院编剧学教材丛书

戏曲编剧理论与技巧

田雨澍　著

出　　版	上海人 & 大 瓜 社	
	（201101　上海市闵行区号景路 159 弄 C 座）	
发　　行	上海人民出版社发行中心	
印　　刷	上海商务联西印刷有限公司	
开　　本	890×1240　1/32	
印　　张	6	
插　　页	2	
字　　数	141,000	
版　　次	2015 年 12 月第 1 版	
印　　次	2022 年 10 月第 3 次印刷	
ISBN 978-7-208-13410-2/J·421		
定　　价	32.00 元	